「手紙、預かったから。それだけ」
杉田良平《すぎたりょうへい》
Ryo
Sug
「今日もかわいいな。うん、絶好調だ」

「お帰りなさいませご主人さまぁ」
AGE
17ver.
17

AGE
31ver.

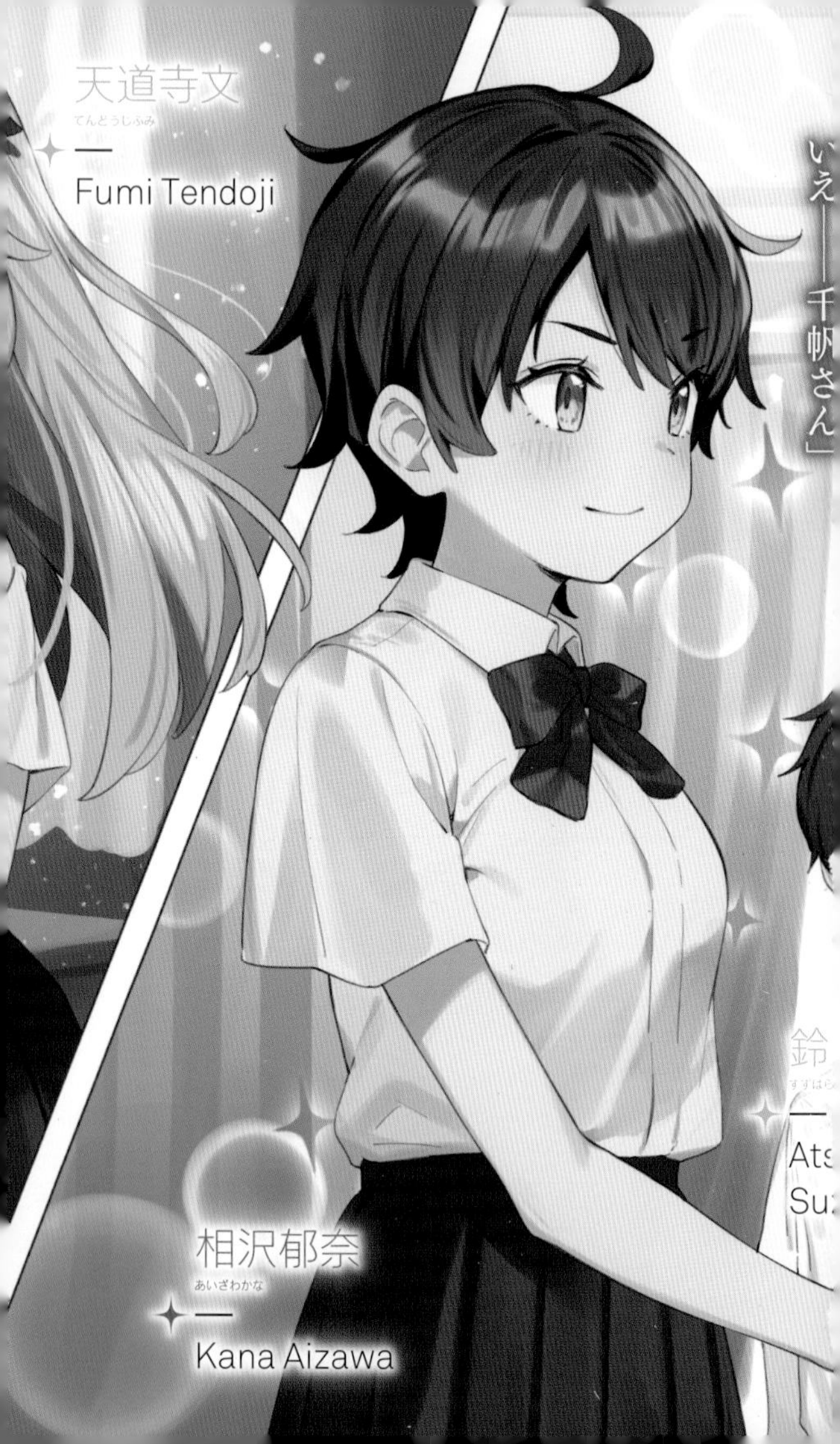

天道寺文《てんどうじふみ》
Fumi Tendoji
いえ——千帆さん」
相沢郁奈《あいざわかな》
Kana Aizawa
鈴
すずはら
Ats
Su

「気に入ったわ相沢ちゃん。いえ、今日から親愛を込めて、郁奈ちゃんと呼ぶわ」
「光栄です西嶋先輩。
原篤
ushi
uhara
西嶋千帆《にしじまちほ》
Chiho
Nishijima

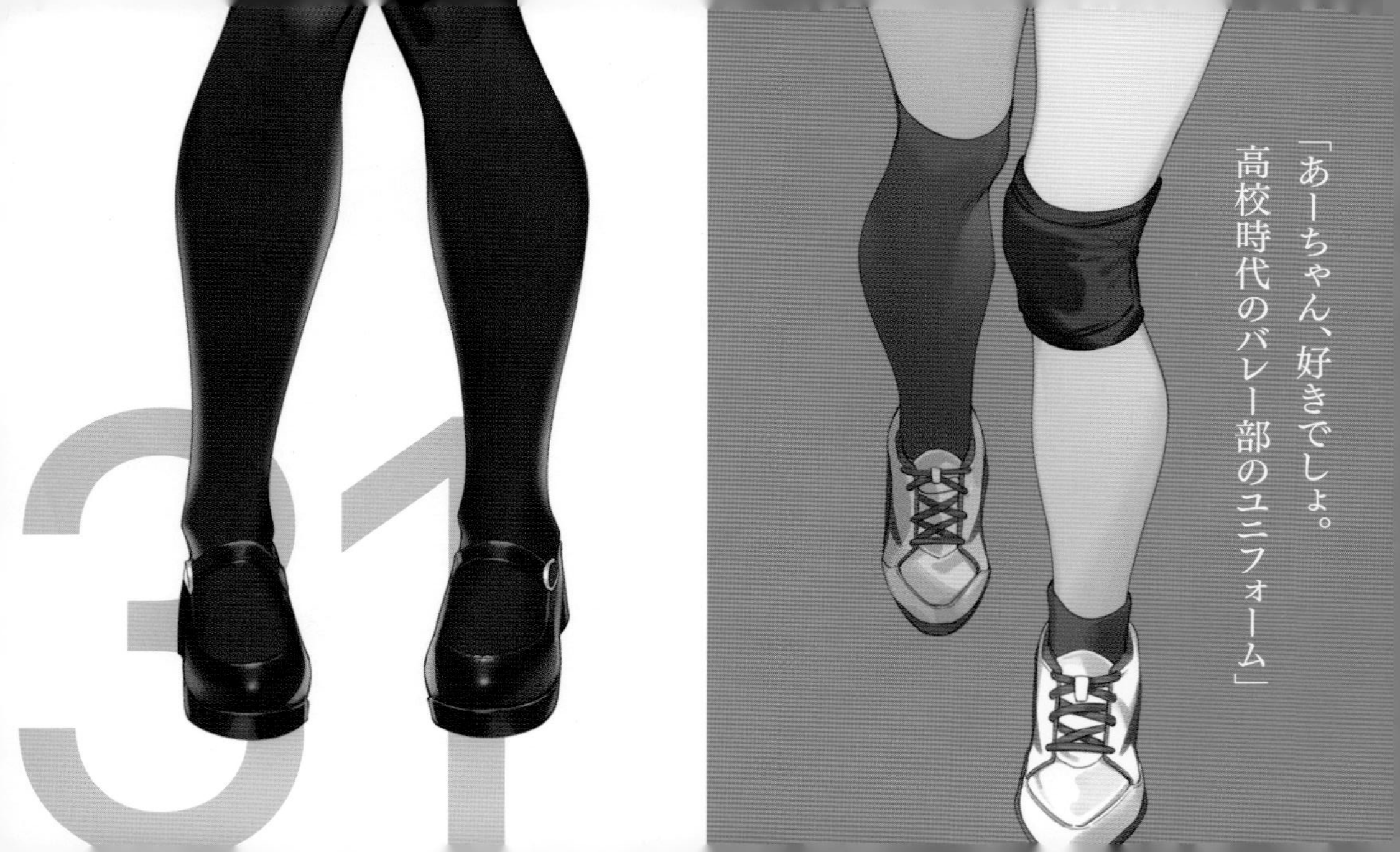
31
「あーちゃん、好きでしょ。
高校時代のバレー部のユニフォーム」

幼馴染だった妻と高二の夏にタイムリープした。17歳の妻がやっぱりかわいい。

kattern

ファンタジア文庫

3201

Characters

31ver

17ver

Atsushi Suzuhara

鈴原篤《すずはらあつし》

本作の主人公。大阪のとある会社に勤める普通の会社員だったが、ある日目が覚めると、突然高二に戻っていた。タイムリープの謎を解明すべく妻の千帆と奔走する。

31ver

17ver

Chiho Nishijima

西嶋千帆《にしじまちほ》

31歳当時は篤の妻で、17歳当時は幼稚園からの幼馴染。篤とは新婚時代以上に仲良し。高校時代はバレー部のエースで、背が高く美人で学業も優秀。人望も厚い。

30ver

16ver

Kana Aizawa

相沢郁奈《あいざわかな》

篤の一つ下の後輩。ボーイッシュな見た目の活発な少女だが一時期保健室登校に。そのときに保健委員の篤と話すようになった。30歳の時点では、篤が良く行くパン屋の店員に。

31ver

17ver

Fumi Tendoji

天道寺文《てんどうじふみ》

千帆と仲が良い美人小説家。高校時代は色白金髪の美少女として一目置かれていた。お洒落好きでどんな服でも着こなす。

31ver

17ver

Ryohei Sugita

杉田良平《すぎたりょうへい》

高校時代から篤と付き合いがあり、31歳時点では同僚にもなる友人。高校時代は天道寺によくちょっかいを掛けていたが……。

31ver

17ver

Yuri Shino

志野由里《しのゆり》

高校時代は謎の多いクラスメイト。大人になってからは、篤のお隣さんとなり、千帆との仲をアドバイスしてくれる存在。

口絵・本文イラスト　にゅむ

プロローグ

夢を見ていた。

僕と君が永遠の愛を誓った日の夢を。

「綺麗《きれい》だよ。千帆《ちほ》」

「ありがと。あーちゃん」

四月の温かい光がステンドグラスを通してチャペルに降り注ぐ。

僕の目の前で七色の光を浴びているのは最愛の女性。純白のドレスに身を包み、白い花のブーケを手に持った彼女は、薄いベールの向こうで優しく微笑《ほほえ》んでいた。

ただし、ベールの下から覗《のぞ》く桃色の唇が微《かす》かにこわばっている。

「緊張してる?」

「もー、そんなの聞かなくても分かるでしょ?」

言葉とは裏腹に弾む声。

おごそかな結婚式の会話には少し軽いが、その軽さが逆によかったのだろう。

彼女の唇から不安はすっかりと消え、口の端が楽しげにつり上がった。

「誓いのキスを」

牧師に言われて僕は花嫁のベールに触れる。

彼女の身体《からだ》の一部のように柔らかく繊細な薄い布。気をつかいながらめくれば、そこに愛する人の顔が現れる。

この世にただ一つ、決して見間違うことのない伴侶の顔。

垂れ目がちで眠たげなその瞳。

小さく愛らしい鼻。

えくぼが似合う柔らかな頬。

そして僕を悩ましげに待つ桃色の唇。

僕の妻——鈴原《すずはら》千帆。

化粧の下にも隠せないほどの妻からの期待を感じる。

それを受け止めて僕は彼女の肩を抱いた。

ふくよかな妻の胸を優しく押しつぶして僕はその唇に触れる。

身体と心を重ねて未来を誓う僕たちの横で、軽やかな祝福の音が鳴り響いた。

「幸せだわ。私、今、とっても幸せ」

「僕もだよ」

彼女と巡り会い愛を育むまで数多くのドラマがあった。

――なら、どれだけ披露宴の準備が楽だっただろう。

幼稚園の頃からの幼馴染《おさななじみ》。

この世で最も多くの時間を共に過ごした相手。

他の異性なんて目に入らないくらい、最初から最後まで好感度カンスト。

そんな僕たちだから運命的なエピソードなんてなに一つない。

恋愛漫画のような出会いも。

ドラマティックな青春も。

びっくりするくらい何もなかったのだ。

ラブコメみたいに運命の人を探さなくてもいい。

だって、最初から僕たちは一緒にいたのだから。お互いに抱いていた、相手への温かい想《おも》いを伝えるだけでよかったのだ。

「ねぇ、あーちゃん？」

「なんだい千帆？」

だから、この日の僕は想像もしていなかった。僕と妻との愛を試す、甘酸《あまず》っぱくてドラマティックで青春漫画のような出来事が、結婚してから起こるだなんて。

それが真実の愛ならば乗り越えられるとでも言うように。

「これ夢だよね？」

「おっと、気づいちゃったか。僕の夢でも流石《さすが》は千帆だ。かしこいや」

「うふふ、せっかくウェディングドレスを着てることだし、しちゃおっか？」

「しちゃうって？」

「愛の確認行為」

「……ヒェッ」

夢の中の妻は豊満な胸をめいっぱい僕に押しつけて迫る。

彼女の温《ぬく》もり、鼓動、息づかいが、夢だというのに生々しい。

「さぁ、あーちゃん。夫婦らしく、もっと情熱的なキスをしましょう……」

握りしめたブーケを背後に放り投げて、妻は僕に誓いのキスのおかわりをねだった。

◆◆◆◆

「ダメだよ千帆、こんな所で。お義父《とう》さんやお義母《かあ》さんが見てるんだから。それに、ウェディングドレスだって借り物——ハァッ！」

ジリジリという音で僕は目を覚ました。

ラブコメ漫画を一気読みしたような夢だった。

もう少し、アラームが遅かったらどうなっていたことか。

ちょっと残念。

けたたましく鳴るスマホを止めようと、僕は枕元を手でかき回す。

しかし、音はするのになぜかスマホがない。

「……あれ？　どこだスマホ？」

枕の反対側、布団《ふとん》の中、身体の下を探ってみても見つからない。

さらに言えば、アラームもいつもの音と違う。

何かがおかしい。

もしかして、妻の千帆が僕にいたずらをしたのだろうか。あのいたずら奥さまは結婚五年目なのに、未《いま》だにそういう所があるからなぁ。

「ちょっと千帆。朝からいたずらはやめてよ」

そう言って目を開ければ——ベッドで寝ているはずなのに妙に床が近かった。

視界に広がる青々とした畳。

和室だ。なぜか分からないけれど、僕は和室で寝ている。

僕と千帆が寝起きしている寝室は洋室六畳のフローリング。こんな部屋じゃない。

ここは――いったいどこだ。

あわてて僕は今度はメガネを探す。だが、なぜかそれも見つからない。

「メガネをかけたまま寝たの？」

自問自答しながら鼻先に指を伸ばす。

ない。

鼻の上にもメガネがない。

僕はメガネをかけていない。

なのにはっきり景色が見えるのはどうしてだ。

おかしい。

大学に入ってから目を酷使し、視力が驚くほど落ちた僕にメガネは生活必需品だ。メガネなしでは壁のカレンダーの日付も分からない。

目がよかった高校生までならいざ知らず――。

「え？　いや、ちょっと待って。ここって……」

その時、僕は気がついた。

ここがかつて僕が暮らしていた部屋だということに。

使い込まれた木製の学習机。

畳を傷つけないようにキャスターを外したガス圧椅子。

漫画で埋め尽くされた本棚。

高校の制服がかけられた窓際《まどぎわ》の壁。

そして『Ｆａｔｅ／ｓｔａｙ　ｎｉｇｈｔ』２００７年のカレンダー。

「嘘《うそ》だろ！」

間違いない。

ここは実家の僕の部屋だ。

しかも、遠い記憶の中にある高校時代の――。

「ちょっと待って、実家の僕の部屋って今は物置のはずだよ。というか、２００７年のカレンダーって」

高校時代の部屋をいったいどうやって再現したんだ。

できるわけがない、そんなこと。

信じられなくて頬をつねればしっかりと痛い。どうやら現実のようだ。

「もしかして、僕、過去に戻ってる?」

鉄板、時をかける少女。

濃厚サスペンス漫画、僕だけがいない街。

ちょっと違うけど名作ゲーム、STEINS;GATE。

不朽の金字塔アニメ、魔法少女まどか☆マギカ。

ラノベの星、Re:ゼロ。

不良とタイムリープという異色の組み合わせ、東京卍リベンジャーズ。

伝奇と心理戦で今までにないタイムリープを描いた、サマータイムレンダ。

今の僕はまさしくそんな物語の主人公。

どうやら僕は高校時代にタイムリープしてしまったようだ。

「なんでさ。ぇぇっ、ちょっとどういうことなの。意味が分からないよ。過去に戻る理由がないんだけど」

鈴原篤《あつし》、三十一歳。順風満帆のサラリーマン。既婚。同い年で幼馴染の妻あり。

過去にやり残したことも後悔もない普通の男だ。

親族や友人とも特にトラブルはない。

タイムリープする心当たりが僕にはなかった。

なのになんで？　どうして僕は過去に戻ってきたの？

布団にうずくまって頭を抱えるがやっぱり何も分からない。そんな僕をあざ笑うみたいに畳の上で目覚まし時計が暴れる。少し乱暴な手つきで僕はアラームを止めた。

「もしかして未来で妙な事件に巻き込まれた？」

「あーちゃぁーん」

「まさか魔法少女に？　いや、僕は男だ」

「ねぇ、起きてる？　これ、どうなってるの？」

「すると宇宙人か。いや、それよりも、未来人と僕が接触して巻き込まれて……」

「もぉー。ちょっと聞いてる？」

「いや、タイムリープが起こった時点でなんでもありだ。宇宙人から超能力まで、ありとあらゆる可能性を……」

「いいや。今からそっちに行くからね？」

「……え？」

窓の外から聞こえてくる女性の声にようやく僕は気がついた。

タイムリープのショックで気が回らなかった。

いつもは彼女を無視なんてしないのに。

これが夢でないならば、部屋の窓の向こうには幼馴染の部屋がある。

物心ついた頃からずっと一緒。今も僕の傍《そば》にいてくれて支えてくれる大切な女性。

やんちゃで、エネルギッシュで、わがままで、かわいい、夏の嵐のような女の子。

そんな彼女はその昔、庭を飛び越えて部屋の窓から僕によく会いに来た。

「あーちゃぁーん！」

窓に大きな人影が浮かび上がる。

激しいジャンプ運動により鍛えられた太く引き締まった脚。

たわわな胸とくびれた腰。

未来では飾り気のないシュシュでまとめられているウェーブのかかった長い黒髪。

そしてモデル体型にちょっと不釣り合いな優しい顔立ち。

「……ち、千帆⁉」

窓から美少女が降ってきて。

ならぬ。

窓から美巨女が飛び込んできて。

彼女は僕の部屋の狭い窓をくぐって華麗に布団の上に着地した。そしてそのまま僕のお腹《なか》に仰向けに倒れ込んでくる。

ぐぅっ、このダイビング・オフトン・エントリーは間違いない。

激しくゆれるたわわにも見覚えがある。

窓から部屋に飛び込んできた女の子は僕の幼馴染《おさななじみ》。

未来の妻――千帆だった。

「そうだよ私だよ。さっきから呼んでるのに、なんで無視するの」

僕の布団に転がって上目遣いにこちらを見る千帆。

「いや、けど、今ほら、タイムリープ中で」

「関係ないよ。奥さんに意地悪するなんて最低なんだから」

彼女もまた、僕の記憶にある高校時代の姿だった。

と言っても、彼女の容姿は特に未来と変わらない。女子高生の頃から、千帆はわがままモデルボディの持ち主だったのだ。

ピンク色に白いラインが入ったパジャマ。

サイズが微妙に合わないのだろう、胸の前のボタンが今にもはじけ飛びそう。

とてもおエロい。

「やーんかわいい。高校生のちっちゃいあーちゃんだ。今のあーちゃんも素敵だけど、この頃のあーちゃんもかわいくって好きよ」

「……もがっ！　もがっふ！　もががぁっ！」

なんて妻に見とれていて油断した。

不機嫌からの早変わり。

気がつくと僕は千帆に情熱的に抱きつかれていた。

いつもだったら、やめてよと冷めた感じで押し返すのだけれど——。

「ちょっ、ちょっと千帆。離れてくれよ」

「もぉー。そんなこと言って、自分からは離れないくせに。むっつりさんなんだから」

「離れられないんだよ！」

それがどうして今日はできない。

理由はすぐに分かった。

僕の身長は大学生まで反抗期で、この頃百五十センチ台だった。そこに加えて帰宅部。

僕は高校生の頃、ヒョロガリチビだった。

対して千帆は身長百七十センチの超モデル体型。さらにバレー部のエース。

彼女は高校生の頃、エロカワスポーツ美少女だった。

言うなれば、三輪車とトラック。

圧倒的な肉体的スペック差が、当時の僕たちにはあったことを、すっかり忘れていた。

そして、胸がもろに顔に当たっていた。顔だけじゃない、全身が千帆に包まれている。

やばい、超きもちいい。

千帆の温もりや柔らかさがすごく伝わってくる。

たまらん――ってそうじゃない！

「うふふ、高校生のあーちゃん、かわいいね。ねぇ、なにしてほしい。せっかく高校生に戻ったんだから、未来の私たちじゃできないことをしよっか」

「もがぁっ！　むぐもがぁっ！　もごごっ！」

「やーん、くすぐったい。あーちゃんてば、ほんとエッチなんだから」

「もがっふふふふほははほほ！」

「苦しいのね。今、楽にしてあげる……」

「もがが ぁーっ！」

ダメ、それはダメ。苦しいけれどそうじゃない。

切なくて苦しい方じゃなくて、普通に息が苦しい方だ。千帆のおっぱいが僕の顔を塞いで息できないの。おっぱいに溺れているの。

いや、どっちも苦しいよこんなの。命と貞操の危機だ！

妻を相手に感じることではないと思うけれど。

「ダメだよ千帆。こんなことしてる場合じゃないでしょ」

「いいじゃない。せっかくのタイムリープなんだから楽しまなくっちゃ」

「楽しむものじゃないでしょタイムリープって。もうっ！」

僕は火事場の馬鹿力とばかりに、渾身《こんしん》の力をこめて千帆を突き放した。

「いたぁーい。なにするのよ、ひどいわあーちゃん」

千帆が布団《ふとん》の上に転がる。

くんずほぐれつ乱れたパジャマ姿のＪＫ妻。

そんな彼女と密着していたことを考えると、ちょっとどうにかなりそうだった。

僕の嫁、高校生の頃からエロカワイイがすぎるよ。

「千帆。もう少し危機感を持ってよ。タイムリープなんだよ」

「なんで？　人生をやり直すために過去に戻ったんでしょ？」

「あ、なるほど、人生やり直し系のタイムリープって認識か」

「あーちゃんは違うの？」

「僕はほら、何かこうミッションをクリアするタイプかなって。過去の事件を解決して未来をよりよいものに変えるんだよ」

「えー、それは自意識過剰じゃない？　サラリーマンがどう未来を変えるのよ？」

その通りですね。

ただのサラリーマンがタイムリープして世界を救うとか痛い発想ですよね。

けど、仕方ないでしょ、そういうのが好きなんだからさ。

「絶対に人生やり直しのタイムリープだよ。理想の青春をやり直すの」

僕に突き放されたことへの怒りもあるのだろう、ぷくりと頬を膨らませた千帆がぽかぽかパンチの構えをとる。

「いや、きっと未来を変えるためのタイムリープだ。ミッションをクリアして、元いた未来へ二人で帰るの」

そんな彼女に僕も真っ向から反対する。

状況が状況だけに、お互いに冷静になれない。

仲良し夫婦の僕たちにしては珍しく、バチバチと火花を散らしてにらみ合う。

「勝ち確ヒロインの妻と一緒にやり直すちょっとエッチな理想の高校生活よ」

「夫婦の未来を取り戻すためタイムリープの謎に挑む青春サスペンスだよ」

「なによあーちゃん、高校生の私とイチャイチャしたくないの？」

「なんだよ千帆、未来の僕とのラブラブ生活が嫌になったの？」

「せっかく過去に戻ったんだよ。やり直さないと損だわ」

「損とか得とかそういうことじゃないよ。――って、あれ？」

譲れない思いをお互いにぶつけ合いながら、僕はふとこのやりとりに違和感を覚えた。

なんだかおかしくないか。

なんで目の前の千帆と僕は、こんな言い争いができるんだ。

タイムリープだよ。

普通、会話が噛《か》み合わなくて、どういうことってなるはずだよね。

ちょっと待ってこれって――。

「千帆、もしかしてだけど、君って未来の千帆かい？」

タイムリープ論争は一時休戦。

僕は突き放した千帆に近づくとその顔を覗《のぞ》き込んだ。

「未来のって？」

目を大きく見開いて不思議そうにする高校生の千帆。

どう説明したらいいのか。適切な言葉が頭に浮かんでこない。

迷っている僕の前で妻が妖しく微笑《ほほえ》んだ。

まるで酸《す》いも甘《あま》いもかみ分けた、恋愛経験豊富な大人の女性みたいに。

間違いない。

「新妻の私かな？　それとも、大学時代に同棲《どうせい》していた私かな？　社会人の頃に通い妻をしていた私かな？　それとも、金曜日の夜に頑張っちゃう結婚五年目の私かなぁ？」

「やっぱり最新版じゃん！」

目の前の千帆は見た目は高校生だけど中身が違う。

そう。

「見た目は高校生、中身は人妻！　その名はあーちゃんの嫁――千帆！」

「やめなよみっともない！」

お互いの性格も癖も生活習慣も、幼馴染《おさななじみ》以上に深く知っている、僕の奥さんになった未来の千帆だった。

どうやら僕は幼馴染の妻と一緒に高校時代にタイムリープしたらしい。

理由は分からないけれど。

そして、人妻が中に入っているので、高校生の妻が年齢にあるまじきエロさだけれど。

放心する僕の前で、妻は渾身のどや顔ダブルピースをキメた。

出題編

No matter how many times I go back in time,
I fall in love With you again.

QUESTIONS

２０２１年4月30日金曜日18時。

大阪府大阪市北区にある中小ソフトウェア会社。

定時の鐘が鳴り響く五階のオフィスで、僕は自分の席でノートパソコンを開き、間違いだらけのソースコードとにらめっこしていた。

書いたのは今年入った新入社員くん。新入社員研修の一環で作ってもらったものだ。

簡易版メモ帳みたいなアプリケーション。参考書なんかにサンプルで載っている程度の内容なのだけれど、思った以上にできが悪い。

というかバグってる。ちゃんと動作確認して出そうよ。

「頑張ってるのが伝わってくるだけに、なんとかしてあげたいよね。ただ、これは配属先が苦労しそうだな」

まぁ、新入社員は育成するもの。過度な期待はやめよう。

頑張れどこか知らないけれど配属先。

新入社員くんと彼の受け入れ先にエールを送ると僕はパソコンの電源を落とした。

鈴原《すずはら》篤《あつし》。三十一歳。

既婚。ソフトウェア会社勤務。役職は主任だけどチームリーダー。

勤務態度は可もなく不可もなく。新婚なのでいろいろと入り用で金欠気味だが、毎月貯金ができるくらいには稼いでいる。残業はしない派。

趣味はゲーム。据え置き派。超大作主義。

あとは漫画。特に雑誌は購読しておらず、話題作を読むタイプ。

好きなのは「タイムリープモノ」と「ラブコメ」。

面白みのない一般人男性。

生きてて何か楽しいことがあるのかと言われれば——ある。

『いま仕事が終わりました。帰りに明日の朝のパンを買っていくね』

デスクの端に置いていたスマホを手に取ると、人生の大事なパートナーへ業務連絡。

LINEでメッセージを送ればすぐ既読。五秒も待たずにおけまるのスタンプ。

そんなやりとりの相手——嫁が僕の生きがいだ。

結婚五年目。僕と同い年で幼馴染。

名前は千帆《ちほ》。旧姓は西嶋《にしじま》。

職業はフリーランスのデザイナー。在宅で月に15万くらい稼いでいる。

幼馴染との結婚や恋愛は現実では珍しいというが僕と彼女はその珍しい方。しかも、結婚五年目なのにまったく冷めない夫婦仲から、極レアな部類だった。

夫婦円満の秘訣《ひけつ》はよく分からない。

スキンシップは割と多め。

あと、お互いに飾らず接することができるのもいいところかな。

喧嘩《けんか》もするけれど、仲直りも早い。

幼馴染で培《つちか》った信頼関係が効いているのかも。けどやっぱり、心の底から相手をかわいいと思えるのが大きいかな。

そんなかわいい嫁のおかげで、僕の人生は普通だけど充実していた。

なんてのろけていると妻から返信メッセージが届く。

『乾杯して待ってるね。ゴールデンウィークだし、今夜は朝まで夫婦水入らずよ』

『飲みすぎて寝ちゃわないようにね？』

『大丈夫よ。これ、ノンアルだから』

メッセージに続いてテンポよく表示される妻の自撮り画像。

胸元が開いた白いセーター。たわわな胸にアルミ缶を挟んで妻がピースしている。

「童貞じゃないのに殺される！」

僕はあわててスマホをポケットにしまった。

心臓に悪いよ。嬉《うれ》しいけれど。

今日はゴールデンウィーク前の最後の出社日。

気がつけばフロアにはチームメンバーは誰もいない。

ただ一人、隣のチームの係長が渋い顔をしている。

退勤準備完了。椅子から立ち上がり、通勤鞄《かばん》を取った僕だったが——。

「鈴原ぁ。助けて、もぅ帰りたいよぉ……」

なんだかお疲れな隣のチームの係長に捕まってしまった。

「もぉ、なんだよ杉田《すぎた》。なにやらかしたんだよ」

「客先の乙原《おとはら》から連絡が来ないんだよ。トラブってんのかも」

「お客さんと一緒に飲みにでも行ったんじゃないの？」

「乙原ァ。頼むから報告・連絡・相談はこまめにしてくれェ」

もうやだとデスクに倒れ込むガタイのいいマッチョマン。

身長二メートル弱。坊主《ぼうず》頭の快男児。けど、メンタルは割と柔らかおぼろ豆腐。

名前は杉田良平《りょうへい》。

僕の高校時代からの親友で同僚だ。

「俺さ、今から文《ふみ》ちゃんに会いに東京へ行くのに、こんなのってなくない？」

「ほいほい昇進の話を受けちゃうからだよ」

「役職上がったら仕事が楽になると思うじゃん。少しも楽にならねえんだもん。なんのために出世したのか分かんねーよこれ」

「いや、会社のためだろ、君がなに言ってんだよ」

ぴぇんとかわいい泣き声を上げるむさくるしいおっさん。

こうはなるまい。

僕と杉田は同い年だけれど入社年度が違う。なので社内では彼が先輩。役職も上だ。

ただまぁ、周りに人がいなくなったら入社年度も役職も関係ない。仕事と友情のどっちをとるかと言われれば僕と杉田はだんぜん友情であった。

「いいよな鈴原はさ。今日はもう家に帰って、すぐに千帆ちゃんとイチャイチャするんだろう。楽しそうなゴールデンウィークだなぁ」

「そうだろうそうだろう」

「うらやましいよ。俺もさっさと文ちゃんと籍を入れておくんだった」

「ま、そこはカップル同士の事情がありますからね」

遠距離恋愛の恋人を想《おも》って熱いため息を吐《つ》く杉田係長三十一歳。

そんな彼を慰めようと、僕は鞄を持ってデスクの前に移動する。片付けられた机の上には、今日付の東京行きの新幹線指定席券が置かれていた。

「しかし、ようやく結婚するんだね君たち。長かったよね、高校からだもん」

「そうだな。忘れもしない、あれはそう高校二年生の夏休みのこと」

「はいはい語らない語らない」

杉田と彼の恋人は近々入籍予定だった。

東京行きは結婚式の打ち合わせのため。テレビ電話では詰められないあれやこれやを話すのが目的だ。

もちろんそれ以外にも、いっぱい話すこともすることもあるだろうけど。

「なんだよぉ、のろけさせてくれよ。結婚披露宴の練習だと思ってさ」

「そんな胸焼けするようなスピーチするなら僕は出席しないからね」

「スピーチと言えば、楽しみにしてるぜ友人代表さん」

「それもあったね。ほんと、無茶ぶりしないでよ」

そして、七月に行われる二人の結婚式で、僕は友人代表のスピーチを任されていた。

これがまた、非常に厄介なお仕事なんだ。

「まったく大変な仕事を引き受けたよ。僕、君たちがつきあいはじめた頃は、まだそんなに親しくなかったからね」

「本格的に仲良くなったの高校二年生の三学期くらいからだもんな」

「もっと適任者がいたんじゃないの？」

「いいじゃん。お前の結婚式のスピーチは俺がやったんだからさ」

そうなのだ。嫌だなと思いつつ断れないのはこういう事情。無二のこの親友に、僕は結婚式で友人代表のスピーチを頼んでいた。

それがめぐりめぐってこんな悲劇を生んだのだ。

「はぁ、ほんとタイムマシンで過去に戻りたいよ」

「ちょっとやめて。アタシと文ちゃんの仲を引き裂かないで。タイムリープして親友の彼女をＮＴＲする気なんでしょ」

「エロ同人かよ。やらないよそんなの」

「え、じゃあ、もしかして鈴原ちゃんの狙いはアタシ……ってコト⁉」

「ちがうわい」

ダメだ。

杉田ってば疲れすぎてちょっとおかしくなってきている。

早くどうにかしてあげてと額を押さえた所に、杉田のデスクの電話が鳴った。

「はい、杉田です。あぁ、乙原。おつかれさま……」

喋《しゃべ》りながら杉田が僕に「もう大丈夫だ」と目配せする。

特にトラブルがなさそうなことを杉田の顔色や素振りから確認すると、僕は友人に手を振ってようやく会社を後にした。

◆◆◆◆

「へぇー、それじゃゴールデンウィークはどこも出かけないんですか?」

「そのつもり。杉田みたいに東京に行く用事もないし。今年は家でおこもりかな」

「家でイチャイチャの間違いじゃないですか?」

パン屋勤めで三十歳の一般女性(独身)は、常連夫婦のゴールデンウィークの予定をからかうといたずらっぽく笑った。

大阪府茨木《いばらき》市。阪急南茨木駅西口から北に歩いて十分。

カフェ&ベーカリー『いこい』。

夜八時までやっているこの店は僕と妻のお気に入り。朝食のパンをいつも買っている。

そして、僕と千帆の高校時代の後輩が勤めていた。

彼女の名は相沢《あいざわ》郁奈《かな》。

高校からずっと仲良くしている僕の女友達だ。

「結婚五年目ですっけ。まだまだお熱いですねぇ。うらやましいな」

「そうかな。そろそろ落ち着きたいと僕は思うんだけれど」

「はい、また無自覚にのろける。ごちそうさまです」

「いや僕は本気で」

「あら、センパイってばもしかして夫婦生活に不満でもあるんですか？　あたしでよかったら相談に乗りましょうか？」

「意味深な台詞《せりふ》と顔はやめてよ」

どういう意図か分からないけど、ちょっと挑発的な視線を相沢がこちらに向ける。

「センパイ。もしかして、本気にしちゃいましたか？」

「してないよ」

「口では否定しながらも、篤は決して妻にはぶつけることができない黒いリビドーを、目の前のうら若きパン屋の女性店員にどう吐き出そうかと考えていた」

「考えぬ！」

「センパイさえよければ、そういう背徳の関係もあたしはオッケーですよ？」

「オッケーじゃぬ！」

「慰謝料さえ払っていただければ。はい、三百万円になります」

「心臓に悪いからこういうのほんとやめてよ相沢。はい、一千万円」

くすくすと笑って相沢はレジを打つ。

パン屋の帽子の中にしまわれたうなじまでの茶色い髪。

猫のような無邪気さと愛嬌《あいきょう》のある顔立ち。

三十代なのに身体つきには女子大生のような若々しさがある。それが百四十センチの身長と控えめな胸からくるものなのかはちょっと分からない。

「あぁ、どこかにいい人いないかな」

「探せば見つかるんじゃないの？」

「この歳《とし》になると、男性に求めるスペックがやっぱり高くなるんですよね」

「たとえば？」

「そうですね。まず正社員。酒はほどほど、たばこは厳禁、ギャンブルはダメぜったい。清潔感のある格好を心がけていてジム通いで健康も管理。休日は家族サービス。家事は分担。けど、場合によっては融通します。かな？」

「厳しくない？」

「そうですかね？　割と既婚男性ならこれくらい満たしていると思いますよ？」

いたずらっぽく笑って、相沢は五枚切りの食パンが入った袋を差し出した。

「既婚者をからかわないの。男が寄りつかなくなるよ？」

「けどセンパイは毎週会いに来てくれるじゃないですか。うふ」

「やめよっかな、このお店に通うの」

ため息を吐きながら袋を受け取る。そのまま僕は店を後にしようとした。

そんな僕の背中を「センパイ」と不安そうな声が呼び止める。

振り返れば少し気恥ずかしそうに相沢が頬を赤らめていた。

「……えっと」

「なんだい、相沢？」

「あたしも結婚したら、センパイと千帆さんに、友人代表のスピーチをお願いしますね」

「結婚するの？」

「まぁ、そのうちには」

「分かった。じゃあ、とっておきのスピーチでおかえししてやる」

覚悟しとけよと笑って、僕は『いこい』を後にした。

◆　◆　◆　◆

阪急南茨木駅から徒歩で二十分。住宅団地のど真ん中にある五階建て集合住宅。
UR宇野辺《うのべ》六号棟。三〇三号室。
そこが僕と千帆の愛の巣だ。
駅から歩いてさらに階段で三階まで上るのはけっこういい運動だ。
息を切らせて三階へ。
すると、上がってすぐの部屋の扉が開いた。
僕たちの部屋の一つ隣。三〇二号室。
出てきたのは艶《つや》やかな長い髪をヘアゴムで結い上げたポニーテールの女性。
無地のタートルネックのシャツにキルト生地のショルダースカート。
身長は僕と変わらないが、妻に勝るとも劣らない魅力的なシルエット。
そして、花火のような模様が入った真っ赤なプラスチックフレームのメガネ。
「あら、鈴原さん。お帰りですか？」
「志野《しの》さん」
メガネの奥でその切れ長な瞳を優しく曲げて彼女は微笑《ほほえ》んだ。
彼女の名前は志野由里《ゆり》さん。
年齢不詳。

僕たちの部屋のお隣さんで一年ほど前に越してきた。

お仕事は学校の非常勤講師。大学付属の中学校で教鞭《きょうべん》をとっている。

ちなみに独身。

年金暮らしのお母さんと同居していると妻は言っていた。

知性と色香を同時に感じさせる魅力的な女性だ。

「お仕事おつかれさまです。今日はお早いんですね」

「まぁ、ゴールデンウィークですから」

「そうでしたね。千帆さん、今日はなんだかはりきってましたよ」

「あ、今日も妻がお邪魔してましたか」

「えぇ。結婚式のスピーチの相談を。お互い大変ですね」

からっと笑う志野さん。

何を隠そう彼女は妻の茶飲み友達だ。受け持ちの授業がない日は家にいる志野さん。そんな彼女を千帆は時々訪れて世間話に興じていた。

なお、世間話の内容は主に子育てについて。

志野さんは結婚経験はないが兄弟が多く、子供の頃から母親を手伝っていたため、育児には詳しいのだそうな。

子供について真剣に考えている僕たち夫婦にとっては、頼りになる相談相手だった。

「ほんといつもすみません」

「いえいえ。私はもちろん母も千帆さんと話せて気が紛れていますので」

「本当ですか？」

「千帆さんってば熱心ですから教え甲斐《がい》があるんです。いいお母さんになりますよ」

「まぁ、それについては僕も同感ですね」

「けれども鈴原さん、子育ては母親一人でやるものではありませんから。父親の貴方《あなた》も、ちゃんと自覚を持って取り組まないといけませんよ？」

突然の鋭いご意見。

僕は苦笑いと共に頭を掻《か》くことしかできなかった。

「そうですね。どうすればいいかさっぱりですが妻の足を引っ張らないようにします」

「……ほら、さっそく自覚が足りていませんよ鈴原さん」

赤いフレームの下から志野さんがちょっと険しい視線を向けてくる。

先生だけあって眼力が凄《すご》い。思わず愛想笑《あいそわら》いがひきつった。

けど、僕ってばなにかやらかしただろうか。

「あら、なにか変なことしたかなって顔ですね」

「小説やドラマを見る気分で考えればだいたい分かりますよ。お約束というか、話の流れというか。メタ的に一歩引いた視点で物事を考えるんです」

「……どうして分かるんです？」

「なるほどなぁ」

頭のいい人は考えることが違うな。

そういや、杉田もそんなことを時々言ってたっけ。

「それで、いったい僕は何をやらかしたんでしょうか？」

「鈴原さん。育児漫画とかエッセイとかって読まれたりします？」

「まぁ、最近は千帆がよく読んでいるので、僕も気になったのは目を通しますね」

「では、育児漫画という体で、その台詞を聞いた妻の気持ちを考えてみてください」

「妻の気持ち？」

「育児漫画ならさっきの言葉にこう返しますよ。『何が足を引っ張るだ、育児を丸投げしてるんじゃねえ。お前も一緒に子育てするんだよバカ野郎』って」

――確かに。そんなモノローグ入れられそう。

熱っぽい頰を志野さんから逸《そ》らしたいけれど、逃げたら本当に育児漫画だ。とはいえ大物ぶることもできず、中途半端《ちゅうとはんぱ》な半笑いを僕は浮かべた。

ふふっと志野さんが表情を崩す。

「やだ、真剣にならないでくださいよ。おふざけじゃないですか」

「そうですけれど。あまりに図星だったので」

「真面目ですね。千帆さんが話していた通りだ。ちょっと安心しました」

「安心する要素あります、これ？」

おほんと志野さんが咳払《せきばら》いをする。

差し出がましいことを言って申し訳ないと前置きして、志野さんはまるで子供に言い聞かせる教師のような顔をした。

「子育てが分からないのは千帆さんも一緒です。男だから女だから、夫だから妻だから。子育てにそういう責任の所在はありません。夫婦二人の共同作業というのをお忘れなく」

「肝に銘じておきます」

「まぁ、お二人ならきっと大丈夫ですよ。おせっかいだったかも」

全然、むしろありがたいです。

夫婦じゃ手が届かない所というか、つい臆病になって無意識に目を逸らす部分によく気づかせてくれたって感じ。

ほんと気をつけます。

志野さんがおもむろに左腕を上げる。彼女は腕時計を眺めると「いけない」と呟《つぶや》いた。

「話し込んじゃいましたね。すみません、引き留めちゃって」

「いえいえそんな」

「独身が何をえらそうにって話ですよね。けど、困っているなら相談してください。私でよければ力になりますよ」

丁寧に頭を下げると志野さんは僕に背中を向けた。

耳には痛いが勉強になる話だった。

子供ができたら、千帆にいろんなことを押しつけていないか気をつけよう。そして、無意識にやっちゃった時のために、今からたっぷり家族サービスしておこう。

好感度と貯金は貯《た》められるうちに貯めておくのだ。

◆　◆　◆　◆

自宅の玄関に入ると廊下の先からあわただしい物音が聞こえてきた。

どうやら晩酌の準備中らしい。苦笑いをしながら脱いだ革靴を下駄《げた》箱へ。電気をつけずに暗い廊下を進むと、僕は妻が待つリビングへと入った。

「千帆、ただいまぁ。って、あれ？」

しかし、リビングに妻の姿はなかった。

ダイニングテーブルの向こうで僕を待っていたのは千帆とは別の女性。

入り口の扉から見て正面。リビングの中央。ボーナスで買った50インチ液晶テレビの中で、黒いワンピース姿の金髪美女が笑っている。

まるで女子高校生のような華奢《きゃしゃ》な身体《からだ》。

金髪を引き立たせるバッチリ決まったメイク。

女優やモデルを思わせる不思議な魅力を放つ美女。

彼女は決してテレビタレントではない。

そういう側面もあるが――その前に彼女は僕の妻の友人だった。

「天道寺《てんどうじ》さん！」

『お久しぶりね、鈴原くん』

「いったいどういう状況？」

『ビデオ通話で千帆と結婚式の打ち合わせをしていたのよ。そうしたら君が帰ってきて、千帆ったらあわてて寝室に駆け込んでいったの。それで、おいてけぼりってわけ』

「それは申し訳ない」

彼女の名前は天道寺文《てんどうじふみ》。同名で活動する小説家だ。

北海道小樽《おたる》市在住。ただし出身は大阪は高槻《たかつき》市だ。

文学に疎《うと》いのでよく知らないが、聞くところによれば超売れっ子なんだそうな。

そんな有名人と妻は高校時代からの親友だ。今でもこうして交流を続けている。

千帆が言うには。

「肩書きに関係なく私は文ちゃんの親友でありたいの。文ちゃんのためだけじゃなく、私のためにもね。あーちゃんだって、杉田が係長になっても友達でしょ？」

とのこと。

まぁ、杉田を出されると僕も何も言えない。確かにそんなものかもしれなかった。

ありがたいよね。長いつきあいの友達ってさ。

そうそう、それともう一つ。

何を隠そう彼女こそ、杉田の長年の恋人にして結婚相手だった。

「もう東京に着いたの？　もしかしてそこってホテル？」

『そう。リッツ・カールトン。久しぶりに良平くんと会うから奮発しちゃった』

「あらやだあつあつ」

『北海道と比べればどこだって暑いわよ』

誰がうまいこと言えと。

けど、久しぶりのデートですものね、そりゃ気合いも入りますよね。

『良平くん、どうだった？　ちゃんと会社は出られた？』

「少しトラブってるようだったけれど、なんとか新幹線には間に合いそうだったよ」

『そう、よかったわ。連絡しようか迷ってたんだけれど助かったわ。ありがとう』

「知らんぷりしてかけてあげなよ。絶対アイツ喜ぶから」

『……そうかしら』

天道寺さんが照れくさそうに笑う。

活《い》き活きとして人間くささが伝わってくるいい顔だった。

彼女とは僕も高校時代に同じ学校だったんだけど、当時からは考えられない反応だ。

人間って、変われば変わるものだ。何が彼女を変えたのかは知らないが、千帆と僕の彼女への友情が、少しでも影響しているなら嬉《うれ》しい。

まぁ、一番影響を与えているのは彼女の婚約者だろうけれど。

「しかし、なんでわざわざ東京で待ち合わせなの。大阪じゃダメだったの？」

『私の仕事の都合よ。今度出す本について編集さんと打ち合わせがしたくって。良平くんと会うのはそのついでなの』

「お仕事大変なんだね。流石《さすが》は売れっ子」

『私なんてまだまだよ。ちょっと運がいいだけなんだから』

天道寺さんがさりげなく手元に視線を向ける。

時間を確認しているようだ。

これから来る恋人にかかわることだろう。

そわそわとした照れ顔から僕は全てを察した。

お熱いことで。

『ごめんね鈴原くん。会って早々申し訳ないけれど、ちょっと用事があって』

「あぁ、うん。千帆には僕から伝えておくよ」

『お願いできるかしら』

「任せて。それじゃお休み。杉田によろしく」

『あ、そうだ、鈴原くん』

「うん？」

テレビの中で前屈《まえかが》みになって天道寺さんが照れくさそうな顔をする。

ちょっと目を泳がせて彼女は面はゆそうに頰をかいた。

どこか彼女の恋人の仕草にそれは似ている。

『いつも良平くんのこと助けてくれてありがとね』

「まぁ、持ちつ持たれつだよ。僕たちも君たちのおかげで結婚できたからね」

『君みたいないい親友が夫にいてくれて私も幸せだわ』

「……もう、やめてよむず痒《がゆ》いな」

やれやれ、本当に今日は別れ際《ぎわ》に声をかけられるな。

手を振り「それじゃあね」と天道寺さんが笑う。すぐにテレビ電話の切断音がすると、画面から天道寺さんの姿が消えた。

「杉田もそうだけれど、天道寺さんも幸せそうでよかった」

暗くなった液晶テレビにリモコンを向けると僕は電源を落とした。

◆　◆　◆　◆

千帆が「あわてて寝室に駆け込んでいった」と天道寺さんは言っていた。

彼女の言葉を信じて僕は寝室の前に移動する。

濃い茶色をした寝室の扉。その向こうから微《かす》かに物音が聞こえてくる。

なにを企《たくら》んでいるんだ、うちのいたずら奥さまは。

大型連休のはじまりの夜だ。翌日を気にしなくていいとなると妻は盛大にハメを外す。

LINEの「今夜は朝まで夫婦水入らず」というのは、リップサービスなんかじゃない。

彼女は本気だ。

「千帆、なにしてるの。入るよ？」

「はーい。どうぞどうぞ」

こつこつ積み上げた緊張がのんびりとした声と台詞《せりふ》に一瞬で崩れる。

やりにくさに顔をしかめながら僕は寝室の扉を開けた。

薄暗い部屋の中、やけにかしこまった様子で妻がベッドの前に立っている。

身長百七十センチとちょっと。女性にしては高身長。

それに見合った肉づきのよい身体。いわゆるモデル体型だが少し緩い部分もある。

大人な身体つきに反して顔はベイビーフェイス。美人とかわいいの半分いいとこどり。

ウェーブがかかった腰まで伸びる黒いロングヘアー。それをシュシュでハーフアップにしている。

シャンプーだろうかリンスだろうか、甘くフローラルな香りが漂う。

どうだ。

見せるもんじゃないけれど、見てくれこれが僕の最強奥さま。

鈴原千帆。三十一歳。結婚五年目。
メイド服＋フライパン・お玉装備である。
メイド服はちょっと裾が長い本格派。
レースが入った黒ニーソにガーターリボンがとてもエッチだ。
むちむちボディも服に隠しきれていない。
ふわっとお腹《なか》に巻かれたエプロンは千帆のたわわを絶妙に強調。
まさにエロメイド。おはようからおやすみまでお任せできる感じだった。
――うん。
すごいはかいりょく！
きゅうしょにクリティカルヒット！
こうかはばつぐんだ！
「……いやいやいや、ちょっと待って」
見てくれと言ったのを僕は後悔した。
三十越えた嫁がコスプレしている。
きゃあエッチーとはまた違う感じで僕の心臓が跳ね上がった。
ほんと、なにやってるの千帆さん。

「お帰りなさいませご主人さまぁ」

「ご主人さまって。確かにそうだけれども」

黒いキルト地の服にたわわを包んで身をくねらせる僕の妻。

柔らかくゆれる二つのたわわに、挑発的に太ももをチラつかせるスカート。

メイド服の着かたを完璧に理解している動きだ。

この嫁メイド、できる――！

「お仕事おつかれさまでした。さぁ、千帆が今日もたっぷりご奉仕してあげますね」

「いや、ご奉仕って」

「うふふ、お掃除、お洗濯、お食事、なんでも千帆におまかせください。優しく丁寧に務めさせていただきますね」

「家のだよね？　なんか意味深に聞こえるんだけれど」

「はなまる満点で大満足なサービスをお約束します。うふふ……」

「だからなんのサービス！　怖い！　このメイドさん、怖いよ！」

なんでこんなノリノリなの僕のお嫁さん。

気が抜けて僕はその場に膝を突く。

すると心配そうに千帆が僕に歩み寄った。

「おつかれなのねあーちゃん。分かったわ、それじゃすぐにベッドにしましょう」

「なにもわかってない」

「もう、照れてないで素直になって。結婚する時に誓ったじゃない。言いたいことはなんでも言おう。お互いのやりたいことに協力的な夫婦を目指そうって」

「こんなのそうていしていなかった」

「あーちゃん、エッチな私はきらい？」

決まっているだろそんなの。

大好き！

嫁がエッチで嬉しくない男なんていません！

男はいつだって、何歳になったって、嫁がエッチだと嬉しいんです。

けど、ちょっと待って。

これは待って。

僕を介抱するフリをしてベッドに引っ張る千帆。

いけない嫁メイドさんを振り切るに振り切れない、情けないご主人さま。

どうしたらいいんだと嘆き狼狽《うろた》えながらも、なんとかベッドの前で僕は踏みとどまる。

見下ろしたベッドには二つの枕。どちらもピンクで「ＹＥＳ」と「ＹＥＳ」だった。

「千帆、気持ちは嬉しいけれど、まずは食事を」

「分かったわ。すぐに食べさせてあげるね」

おもむろにメイド服の胸元に手をかけた妻を僕はあわてて止めた。

もちろん妻のからかいだ。

あわてふためく僕にご満悦のほくほく顔を千帆が向ける。

昔から、彼女ってばこうなのだ。

からかい上手に大人の色気と知識が加わったら——そりゃ敵《かな》わないよね。

つきあい始めた頃は、ここまでエッチじゃなかったのにな。

「さぁ、あーちゃん。いっぱいイチャイチャしましょ？」

「だから待ってよ。そんなに急《せ》かさないで」

「もう、何が不満なの。私のこと愛してないの？」

「愛してるし大好きだよ。メイド姿の君は最高にエッチさ」

「じゃあ、何がいけないっていうのよ？」

「……強いて言うなら、ムードかと」

「ひどい、勇気を出して誘ったのに！　もうしらない！　ふんっ！」

それは冗談でからかいの「もうしらない！」だった。

長く一緒に生活していると、言葉の微妙なニュアンスくらい分かるようになる。

それでなくても、妻は本気で怒った時によくこの言葉を使う。妻にいつも笑っていてもらうためには、冗談と本気が判別できなくちゃいけなかった。

まぁ、冗談でも本気でも、機嫌をとるしかないんですけどね。

拗《す》ねてしまった妻を、僕は正面から包み込むように抱きしめた。

こんなに元気で、いつも僕をひっぱりまわして、子供みたいに言いたいことを言い、大人の知恵でなんでもやってしまう。

エッチでかわいくて強くてすごい僕の妻。

そんな千帆だけれど、やっぱり彼女もさみしがり屋で怖がりな女の子なのだ。

優しくその髪を撫《な》でると、くぐもった声を千帆が出す。

おかえしと、千帆が親指と人差し指で僕のお腹の肉をつまんだ。

「明日からいっぱいイチャイチャできるでしょ。今日はちょっとお休みさせて」

「……しょうがないなぁ」

「大丈夫。ちゃんと埋め合わせはするから」

「分かった。じゃあ、今日は美味《おい》しい料理を食べて、それからゆっくり寝ましょう」

お腹から手を離したと思ったら、すぐに千帆は僕の胴体に腕を絡《から》める。

僕の胸に顔を押しつけると、彼女は何かそこから大切なものでも吸い出すように、目を瞑《つぶ》って深呼吸を繰り返した。

胸にかかる千帆の吐息。

鼻先に漂う妻の匂い。

沈み込むように柔らかい嫁の身体《からだ》。

このまま妻と溶けて一つになりたいと、願ってしまうのは変だろうか。自分の身体さえもわずらわしくなる愛《いと》しさを僕は千帆に感じた。

「あのね、あーちゃん」

千帆が顔を上げる。

不安げにゆれる瞳の光が、また僕の男心を刺激した。

「うん」

神妙な空気と切なげな千帆の表情。

今日のために用意したスペシャルなメイド服が、薄暗い寝室の中に妖しくゆれる。

誘惑をかわした罪悪感とそれ故に感じる痛々しいほどの愛情に、僕の理性は崩壊寸前。

妻の肩を軽く押せばキングサイズのふかふかベッドに直行だ。

少しでも気を抜けば暴発必至。そんな危ないシチュエーションの中で——。

「ぐぅぅぅぅぅぅぅぅ」

定時までしっかり勤めておつかれさまな僕の腹が愉快な音を立てた。

きょとんと僕らはお互いの顔を眺める。そして、同じタイミングで吹き出した。

「……もぉー。いいムードだったのにぃ」

「ごめん」

「いいよ。腹が減ってはなんとやらだね。空腹には誰も勝てないや」

舌を出して千帆がはにかむ。

「けど、せっかくだから先にチップをいただいておきます」

「……むぐ」

ほっとした隙を突かれて、僕は唇をいたずらな嫁メイドに奪われる。

軽く唇の先が触れあうだけのキス。けれどもそこには相手へのきづかいが満ちていた。

仕事で疲れ切った僕を元気づけようとする妻にしばし身を委ねる。

きっとこんなキスは夫婦だからこそできるのだろう。

お互いの熱だけを交換すると、千帆は唇をぺろりと舐《な》めた。

「さぁ、ご飯にしましょう。ご主人さま！」

一周目「婦唱《ふしょう》夫随《ふずい》」

「……やっぱり、全然タイムリープする心当たりがない」

「だねぇ。何がいけなかったんだろ」

「僕ら別に何かに失敗したわけでも、命の危機に陥ったわけでも、事件に巻き込まれたわけでもないもんね。普通にゴールデンウィークに突入しただけだもん」

「もしかして、あーちゃんがご飯にしたから……」

「そんな理由のタイムリープなんて嫌すぎるよ」

時は再び進む——というべきか、巻き戻るというべきか。

これややっこしいな。

２００７年７月13日金曜日７時16分。

枕元の目覚まし時計調べ。

ここは僕の実家。そして僕の部屋。

そこの窓から、僕と千帆《ちほ》はおおよそ十五年前の地元の景色を眺めていた。

大阪府茨木《いばらき》市園田《そのだ》町。

今僕たちが住んでいる宇野辺《うのべ》から、それほど離れていない場所だ。

なので、夫婦で実家にお泊まりした可能性もあるが――。

「やっぱ、町並みが昔だよね」

「そうだよ、イオンが新装開店の前だもん。間違いなく昔だよ」

「だよね」

十五年たてば、町並みも変わる。

家の外壁が塗り替えられたり、空き家になったり、新しい家が建っていたり。

そんな町並みの違いからここが過去だと実感する。

いや、それよりも自分の姿を見た方が早い。

窓ガラスの中に視線を向ければ、気弱そうな男の子がこっちを向いている。

百五十センチ台前半の身長。帰宅部一本でやってきたため貧弱な身体つき。

間違いなくそれは高校時代の僕だった。

「うわぁ、軽くショックだ。頑張って社会人になってから鍛えたのにな」

「そう？　これはこれでかわいいよ」

「男子にかわいいって褒め言葉じゃないよね」

なんでよりにもよってこの時代なのかなぁ。

灰色の青春を送っていただけに気が重くなるよ。心なしか肩も重いよ。

そこに加えて、タイムリープの目的の分からなさだ。タイムリープした理由も、なぜ高校時代なのかもさっぱり心当たりがない。

あまりにも脈絡がなさすぎて脳みそがフリーズしそう。

「直前に何もフラグはなかったよね。なんで僕たち、タイムリープしたのさ」

「やっぱり人生を変えろってことじゃない？」

「今の人生で大満足だよ。千帆みたいなかわいくて賢くて優しいお嫁さんを貰《もら》えて、僕の人生勝ち組だよ」

「あらぁ、あらあら。えへへへ……」

「後悔なんて何もないんだけどな」

「本当にそうなのぉ、あーちゃん？」

そうだよ。

大好きな幼馴染《おさななじみ》と結婚して、仕事も問題なくて、友達にも恵まれて、貯金もそこそこある。これ以上、いったい何を望むっていうんだ。

僕の人生はすこぶる順調だったんだ。

そう、僕は。

「本当の本当に本当かしら？　高校時代に後悔していないの？」

「……どうしたのさ千帆、ちょっと怖いんだけど」

何か言いたげにじとりとした視線を投げかけてくる千帆。

彼女は過去に後悔があるのだろうか。

千帆の高校時代は輝かしいものだ。

バレー部のエース。学業も優秀。良い友達に囲まれた充実した高校生活。

その後も、大学は志望校に進学し、就職先も阪内で見つけ、僕と離ればなれになった時期はあるけれど、こうしてゴールインしている。

千帆こそパーフェクト人生じゃないか。いったい何が不満なのだろう。

「まさか千帆、高校時代に好きだった人とやり直したいとか？」

「まぁ、心当たりはありますかね」

「あるの⁉」

「うそうそ、冗談だよ。私はあーちゃん一筋だから」

「やめてよそういう冗談はさ」

「やーん、必死になっちゃってかわいいんだからぁ。ごめんね、ごめんね。今も昔も、私が好きなのはあーちゃんだけだから安心して」

びっくりした。絶望で心臓が止まる所だったよ。

タイムリープしたのに過去を変えずに死んじゃうって情けなさすぎない？

「けどね、やり直したいのは本当だよ」

「高校時代を？」

「うん。あーちゃんと一緒に、高校時代をやり直せたら私は嬉《うれ》しいかな。下校デートしたり、京都に遊びに行ったり、高校生しかできない甘酸《あまず》っぱい経験がしたいわ」

パジャマの袖を握りしめながら、気恥ずかしそうに頬を指でかく千帆。

今すぐにでも抱きしめたい愛らしさだ。

どうしてこんなにうちの嫁ってかわいいのかな。結婚してよかった。

妻が一緒のタイムリープっていいものだな。

めちゃくちゃ幸せ。

だからこそ、僕も流されるわけにはいかなかった。

「そう言ってくれるのは嬉しいけれど、僕はやっぱり早く未来に帰りたいよ」

「あーちゃん」

「下手に過去を変えて、未来の僕たちの関係を壊したくない。青春をやり直したい千帆の気持ちは分かるけれども、僕はそこまで楽天的にはなれないかな」

タイムリープの主人公と同じだ。彼らが大切な人を守るために過去を変えるように、僕も妻を守るために過去を変えたくない。

どうしても変えるなら一番大事な所だけ。

僕たちが過去に戻った原因だけをピンポイントで解決したかった。

だから僕はこのタイムリープが目的のあるタイプであって欲しい。目的を果たせば、すぐに未来に戻れる方が嬉しかった。

「大丈夫よ。もう一回人生をやり直しても、きっと私たちは幸せになれるわ」

「うん。けど、僕は元いた未来に帰りたい。過去を改変して未来に影響を与えたくない。だから、軽率に過去を変えるのは反対だ」

「心配しすぎだよ。ねぇ、せっかくなんだからこの奇跡を楽しもう？」

「ダメだよ千帆。真面目にやろう。これは奇跡じゃなくて試練なんだ」

「わからずや」

「そっちこそ」

頬を膨らませていつの間にやらにらみ合い。

さっきまでの甘い空気はどこへやら。

僕と千帆はまたタイムリープを巡って対立した。

ここまで夫婦で意見が食い違うのはちょっと珍しい。

長いつきあいだ、意見の食い違いによる対立はそこそこ経験がある。幼馴染としても、恋人としても、夫婦としても、僕たちは言い争いをしている。

だからだろう、ひどいことになる前に冷静になる余裕があった。

「やめよう千帆。情報が少ないのに、議論しても仕方ない」

「……そうね。タイムリープしてまで夫婦喧嘩《げんか》なんて情けなくなっちゃうわ」

「まずは落ち着こう」

「それじゃ、あーちゃん、いつもみたいにおっぱい揉《も》む？」

千帆は僕ににじりよると、前ボタンがはじけ飛びそうなおっぱいを差し出す。

そのまま、妻は僕の手を握りしめると彼女の下乳へと導いた。

ふにふにとした感触にちょっと心が和む。

やっぱり疲れて頭が回らない時は妻のおっぱいに限りますなぁ。

「はぁ、落ち着く。ごめんね千帆、熱くなっちゃって」

「いいのよ。あーちゃんが真剣なのは私も分かってるから」

「いつも君にはおんぶにだっこだな」

「あらあら、おっぱいにだっこじゃないのかな？」

仕方ないでしょ、こうしてると落ち着くんですから。

妻のおっぱいに夫の精神を落ち着かせる効果があるのは、科学的に証明されている事実なんだなぁ。円満な家庭ほど、妻のおっぱいを夫が揉んでいるんだなぁ。

まぁ、嘘《うそ》ですけど。

「あれ、もしかして、千帆ってばブラジャーしてない？」

「うん。この頃の私はまだナイトブラを知らなかったの。ごめんね、だらしなくって」

「なに言ってるのさ。むしろラッキーだよ」

「もうっ、エッチなんだからあーちゃんってば」

「……えへへ」

「やぁん。こらぁっ、ダメでしょそんな触り方したらぁ」

仕方ないよ。千帆おっぱいが素晴らしいのだから。

こんなの揉んでいたら、そういう気分になっちゃうって。

僕のことを注意しながらも、千帆の顔は熱っぽく蕩《とろ》けている。潤んだ瞳が僕を覗《のぞ》き込んで物欲しそうに輝いた。

鮮やかなピンク色の唇に心も身体《からだ》も吸い込まれそうだ。

あぁ、ダメだ。こんなことしている場合じゃないのに。もう自分を抑えられない。

「……千帆」

「……あーちゃん」

「タイムリープ前におあずけしちゃったからな。止まらないや」

「いいよ、喧嘩《けんか》の仲直りしよっか」

縮まる距離。匂い立つ甘い香り。より強く感じる相手の温《ぬく》もり。

タイムリープなんてどうでもいい。今は目の前のかわいい妻のことしか考えられない。

彼女に溺れようと、僕はそっとその背中に手を回す。

濃い桜色の唇に鼓動のペースが一段上がる。

まるで心まで若返ったようだ。

三十歳にはどうにも持て余す青い情熱と若い身体。

僕は花に誘われる蜂のように、妻の鮮やかな部分に近づいた——。

「こら、篤《あつし》。なに朝から騒いでるの。まったくアンタはなまっちょろいくせに、いっちょ前に騒がしいんだから……」

その時だ、僕の部屋の襖《ふすま》がバーンとけたたましい音と共に開いた。

あわてて僕は千帆から顔を離す。

振り向けばそこには僕の母さんが立っていた。

あぁ、そうでした。

実家だから親がいるんでした。

ついつい二人で暮らしてるノリで盛り上がっちゃったよ。

おっと、母さんのあの目。まるで道に落ちてるエロ本でも見るような目だ。

息子に向ける目じゃないよね。

「……違うんだ、母さん。これには深いわけが」

「なによアンタたち。親に隠れてこそこそと。やることやってたのね」

やってません、まだ何もしていません。

未遂です。大人のキスの寸前でなんとか思いとどまりました。

「……お、お義母《かあ》さん。違うんです、これはその」

「いいのよちーちゃん。分かってるから」

千帆の弁明に優しい顔をする母さん。

息子と嫁で随分反応に差がある。軽くショックなんですけれど。

あと、いったいこのやりとりから何が分かるって言うんだい。

「篤。避妊は男の務めよ。ちーちゃん泣かせたらアタシが承知しないよ」

「「全然分かってない！」」

違うんです母さん。違うんです。

僕たちは貴方《あなた》が思うようなエロエロ夫婦じゃないんです。

二人とも大学生になっても浮いた話がなくって心配されていたんです。

社会人になっても、そういう気配がなくってあきれられていたんです。

二十五歳を過ぎた頃、見かねた貴方とお義母さんのはからいで引き合わされて、ようやく親公認の恋人になった奥ゆかしい夫婦なんです。

けど。

実は紹介される前から千帆とはつきあっていました。

大学時代から恋人関係です。

貴方たちに内緒で同棲《どうせい》していた時期もあります。

ばっちりそういうこともやっています。

心配かけたくないから黙っていたんです。

そんな孝行息子と娘なんです。

って、信じられる要素がなにもねえ。

「違うんだ母さん。これは本当にそういうんじゃなくて」

僕があわてて言いつくろう。

「そうですお義母さん。落ち着こうとおっぱい揉んでただけなんです」

テンパった千帆が墓穴を掘る。

「つきあってなかったらおっぱいなんて揉まないでしょ。なに言ってんの」

そして母が身も蓋もない正論で、おませな高校生バカップルを殴りつける。

「「ちーがうのぉー、ごかいなのぉー!」」

JK幼馴染《おさななじみ》妻のおっぱいを揉みながらデレデレ甘える夫。

DK幼馴染旦那をおっぱいでゴリゴリ甘やかす妻。

そんなエッチな夫婦じゃ僕たちはないんです。

誤解なんです。

お願いだから息子夫婦を信じてください。

こんなの朝から見せつけられたら難しいでしょうけれど。

◆ ◆ ◆ ◆

２００７年7月13日金曜日7時30分。

実家のダイニングルームで僕は朝食を食べていた。「朝ご飯を食べてから、また集まろう」と約束して千帆には自分の家に帰ってもらった。

納豆に白米。白菜と油揚げの入ったお味噌汁《みそしる》。

千帆と同棲するようになってから、朝はパンで済ましているのでちょっと新鮮だ。

そして、テーブルを挟んで正面の母親から、容赦なく飛ぶ軽蔑のオーラもはじめてだ。

こんな最悪な空気で迎えた朝があっただろうか。

「まったく、朝から気分が悪いわ」

「違うんです母さん、あれはその不可抗力で」

「がっつりちーちゃんの胸を揉んでおいて、言い訳するんじゃないわよ。それとも、ちーちゃんがやらせたとでも言いたいの？」

「僕がやりました。僕が全部悪いです。そうです僕はおっぱい星人」

千帆の名誉を守るためにも言い訳はできなかった。

僕の妻はエッチなことに積極的、優しく夫を誘ってくれる甘々奥さま。

けれど、それは夫婦の秘密にしておきたい。

僕もそれくらいの甲斐性《かいしょう》は持ちたかった。

けど辛《つら》いわ。

母親にドスケベ野郎と軽蔑されるのはきつい。

「アンタたちもお年頃だからね。気持ちは分かるけど、バレないようにしなさい」


「はい、お心遣い感謝いたします」

バレなかったらいいんだ。

「釘《くぎ》を刺すけど、ちーちゃん泣かしたらアタシが許さないからね」

「はい」

「大事にしなさいよ」

「この命に代えても」

「いや、流石《さすが》にそれは重すぎでしょ」

すみません、中身が既婚者ですので。そして、さっきおっぱい揉んでた幼馴染を、生涯の伴侶として選んだ身ですので。つい重い台詞《せりふ》が口を衝いたんです。

「けど、それくらい僕は千帆のこと大事に思っているから」

僕がそう言うと、母さんは何やら意味ありげに唸《うな》った。

まぁ、そうだよね。

高校生の言葉なんて大人には戯言《たわごと》だよね。

「まっ、早く孫の顔が見られるなら悪くないか」

「それはさすがにちょっと」

「しかし、いつの間にちーちゃんとそんな関係になったの？」

「……え、いや、いつの間にって」

流石に千帆の許可なく答えられないというか。そもそも未来の話というか。

「まぁ、話したくないならいいんだけれどさ」

聞いたくせに母さんはやけにあっさりと引き下がる。

てっきりもっと追及されると思った。

逆にそんな返しをされるとこっちが気になってしまう。

「なに？　もしかして、僕が千帆とつきあってるのがおかしいの？」

「……まぁ、年頃だから隠すのは分かるけれど」

妙に歯切れが悪い母さん。

その表情もいつになく複雑な感じ。喉に小骨でも引っかかったような顔つきだ。

本当にどうしたんだろう。

「まぁいいや。そういうことで」

「そういうことって」

「それより学校でしょう。ほら、そろそろ時間よ」

「あっ、そうだった。すっかり忘れてた」

「毎日通ってるのになんで忘れるのよ」

高校生だものね。平日は学校に通うよね。

タイムリープをしたからって自由に時間が使えるわけではない。

まずは過去にちゃんと馴染《なじ》まなくては。

僕はお味噌汁をご飯にかけて口にかきこんだ。

「ごちそうさま！」

なんだか話を誤魔化された気はするけれどそれはそれ。

いろいろと考えるのは高校生活に馴染んでから。

下手に動いて未来を変えるのは避けたいしね。ここは慎重に行こう。

使った食器を片付けると僕は一階のダイニングルームを飛び出した。

「そう言えば、千帆も食事は終わったかな」

二階の自室へ戻った僕は、さきほど妻が飛び込んできた窓に近づいた。

僕の実家は木造住宅、築三十年。

僕が生まれる頃に、一括払いで父が購入した中古住宅だ。

対して、千帆の家は築浅の十五年もの。お義父《とう》さんがこちらの会社に栄転したのをきっかけに、土地から買って建てたものだ。真新しい外装の西洋住宅。

そんな家の二階。

僕の部屋よりちょっと下に千帆の部屋はある。

窓からの距離は二メートル。助走をつければジャンプで行き来できるくらいの距離。

僕は危ないのでコンクリートブロックの塀に足をかけて移動しているけど。

「やっぱり、この距離をジャンプで越えてくるってすごいよね」

バレー部で身体《からだ》を鍛えているにしても跳躍力ヤバくありません？

ドアトゥドアならぬウィンドウトゥウィンドウ。そこまでしておしかける女の子って、なかなかいないよね。

そんなことを考えていると、千帆が窓の向こうに姿を現した。

食事を終えて帰ってきたらしい。

まだパジャマ姿の千帆は、少し寝ぼけた感じで顔をこすっている。

のんきにあくびをしながらとぼとぼと窓際《まどぎわ》に近づいてくる千帆。

すると——。

「あれ、千帆さん？」

妻は僕に気づくことなく、倒れるように窓の下へと姿を消した。

記憶が確かなら、窓の横に千帆はベッドを置いている。

まずい。

「千帆ってば二度寝する気だ！」

うっかりしていた。

フリーランスになってから在宅仕事の千帆は、朝はちょっぴりお寝坊さんなのだ。

ダメだよ千帆、遅刻しちゃうよ。

高校はお仕事と違って、成果主義じゃないんだから。出席してなんぼの世界なのよ。

「千帆！　起きて！　学校だよ！」

あわてて叫んだけれども千帆からの返事はない。もうすっかり夢の中のようだ。

これは僕が起こしに行くしかなさそうだな。

窓から身を乗り出すと僕は庭を確認する。高さは五メートル弱。庭は土がむき出しで大きな岩もない。真ん中にはコンクリートブロックの塀。

運悪く落ちても怪我《けが》はしないで済みそう。

「大丈夫。子供の時にできたんだから」

自分を鼓舞して僕はおそるおそる塀に足を載せる。

そのまま一息に窓には行けないので、一階の窓のひさしに足をかけてよじ登る。

テンポ良く身体を動かし、僕は千帆の部屋の窓枠に乗り移った。

よかった上手《うま》くいきそう——。

「あれ⁉」

そう思った瞬間、気が緩んで足が滑った。

そのまま僕は部屋へ転がり込む。

幸い僕も千帆も怪我はなかったが大きな音が部屋に響き渡った。

「あいててて……」

「あれ？　あーちゃん？」

流石の騒音に千帆も目を覚ます。千帆のベッドに落下した僕が顔を上げると、ちょうど目の前で千帆がくしくしと手で顔をこすっていた。

僕のせいだろうか、パジャマの前ボタンが外れており、肌色の谷間がおはようございますとこちらに挨拶している。

「わぁ、千帆ダメだよ。胸が、胸がボロンって……」

高校生の若い身体には刺激が強いよ。

僕はあわてて妻と妻のおっぱいから顔を逸《そ》らした。

そしてそれがまたしても命取り。

妻相手に少しでも気を緩めてはいけないことを、僕はすっかり忘れていた。

「……あぁ、なるほど」

「千帆さん、なんで腕を引っ張るの？」

「うふふ。一緒に寝たかったんだね、あまえんぼさんなんだから」

「違うよ！」

「いいのよ、夫婦なんだから。ほら、二人で気持ちいいことしましょ」

「ダメだって千帆！」

「二度寝ってなんでこんなに気持ちいいんだろうね」

「なんだ、そっちでしたか。ざんねん」

そのまま僕は腕を掴《つか》まれ、引っ張られ、抱きつかれてがっちりホールド。

あっという間にテディベアのようにされてしまった。

まずい。千帆ってば完全に二度寝モードだ。

「んふふ、朝からなにもしないのにご飯が出てきて、ふかふかのベッドが用意されてて、
仕事にも行かなくていいなんて――幸せぇ」

「タイムリープで感じる幸せじゃないよ」

「ほらほら。せっかくなんだから、高校生の頃できなかったことをしよ？」

「それが二度寝って残念すぎる」

タイムリープの無駄遣いだ。

そう思いながらも、高校生の妻のふかふかとした抱き心地に心安まり眠気を誘われる。

ダメだ、なんとかこの蟻地獄《ありじごく》ならぬ夫地獄から抜け出さなくては。

けど、無理。大好物の千帆のたわわを前に、正気なんて保てるわけがないんです。

あぁぁぁぁ……。

「一度引きずり込まれたら脱出不能、おそるべし夫地獄。いやおっぱい地獄」

「さあ、観念して二人でイチャイチャ朝寝坊しよ？」

「しないよ。隙あらば誘惑するのやめて、本気になっちゃうでしょ」

「うーん、断る」

「断らないで。ダメでしょ、僕たちこの時代はまだ結婚してないんだから」

「イチャつく」

「なんなのその鋼の意思」

「もー、あーちゃん静かに。五月蠅《うるさ》いとおっぱいでお口塞いじゃうよ」

「……それは、僕はどうしたら」

「大丈夫よ、タイムリープの心当たりならあるから」

「え？」

それなにどういうこと。何か知っているのかい千帆ってば。

詳しく聞かせてとまくし立てたのがまたしても判断ミス。宣言通り、僕は千帆に地獄のおっぱいフルコースを仕掛けられ、結局学校をサボるのだった。

◆◆◆◆

阪急電車に乗ってどんどこどん。

ここは阪急電車京都線の東の終点。

西に行けば烏丸《からすま》四条《しじょう》。

東に向かえば祇園《ぎおん》。

北に上れば京都市役所。

南に下がれば——特に何もない。

鴨川《かもがわ》沿いに商店街と四車線道路が延びる京都一の繁華街。

京都四条河原町《かわらまち》。

京都駅前よりも賑《にぎ》わっていて、京都らしさも滲《にじ》み出る陽気な街。そのスクランブル交差点の前で信号待ちをしながら僕は自問自答した。

「……どうしてこうなった」

「高校時代の心残りといえばあーちゃんとのデート。きっと過去に戻ったのは、これをやり直すためなんだよ。間違いないわ」

「ハメられた。これ、絶対千帆がデートしたいだけの奴《やつ》」

２００７年７月13日金曜日12時14分。

自信満々の妻に騙《だま》されて、僕はほいほいデートについて来てしまった。

なんなの。

タイムリープの心当たりがあるって言ってたのに、結局デートに来ただけじゃない。

しかも、平日の昼間。

僕も千帆も制服っていうね。

ダメじゃん。

不良だよこんなの。補導されちゃう。

タイムリープして平日に学校サボってデートって何か違うよ。

どうしてこうなるのさ。

「いやぁー、平日に行く京都観光ってなんだかドキドキするね」

「うしろめたすぎる」

「いいのよ気にしなくて。タイムリープの一日目は、どんな作品でも好きな人とイチャつくものでしょ？」

「……反論できない」

「そして、あーちゃんの想い人はこの私。幼馴染《おさななじみ》の千帆ちゃんでしょ。だから、安心してイチャイチャしていいんだよ？」

「安心してイチャイチャとは」

「ほら、レッツエンジョイタイムリープ！　せっかく二人でタイムリープしたんだから、協力して昔できなかったことをやろうよ！」

嫁がタイムリープエンジョイ勢な件について。

そして、夫婦一緒という特殊な条件を利用して最初にするのがサボりって。

なんかもっとあるでしょ。

「うふふ。お家《うち》デートもいいけれど、やっぱりお外でデートした方が気分がいいね」

「狙ってやったんだね千帆」

「えへへ、ごめんね」

ぴとりと僕にひっついて千帆はにまにまと満足そうに笑う。

騙されたのはショックだけど、そんな顔されたら許すしかないよね。

おまけにさっきからぎゅっと僕の腕を抱きしめて、そのたわわを押しつけてくる。

人生やり直しのタイムリープでもいいかってなっちゃうよ。

ただ、体勢だけはちょっと辛《つら》いかな。

平日なのに歩くのが難しいくらいの人通り。やむなく腕を組んでいるけど、こんなべったり寄りかかってこられるとは。

高校時代の小さな身体《からだ》で、千帆のダイナマイトボディを支えるのは疲れる。

リードしたいのに一方的に連れ回されるのも精神的にしんどい。

この頃、僕ってば千帆とどうやってデートしていたんだろうな――。

「えへへ。タイムリープしてさっそく夢が一つ叶《かな》っちゃった」

「いいのかな、こんなことして。未来が変にならないかな」

「大丈夫よ。高校生が学校サボったくらいで変わるほど未来はヤワじゃないわ」

「……どうしよう、しょーもないのにすごい説得力だ」

「さぁ、それじゃどこに行こうかしら。京都はデートスポットがいっぱいだから迷っちゃうな。やっぱり鉄板の祇園かしら」

「うーん、三条まで上がって東山の方とかはどう？」

「岡崎《おかざき》公園ね。いいわね素敵だわ。もう少し先の南禅寺《なんぜんじ》も悪くないかも」

「水道橋《すいどうきょう》か。涼しくてよさそうだね」

「貴船《きふね》神社もいいかも。縁結びの神社だし、二人でお参りしましょうよ。やり直してもどうかまた結婚できますようにって」

「なるほど悪くないな。そのまま川床《かわどこ》で昼から一杯」

「お酒はダメだよあーちゃん」

はい。そうですね浮かれすぎですね。

「とりあえずさ、円山《まるやま》公園に行かない？」

「そうね。どこに向かうにしても、そこからなら行きやすいものね」

ということで行き先決定。僕と千帆は円山公園に向かって歩き出した。

ちょうどスクランブルの信号が青に変わる。信号を渡ってそのまま四条通りを真《ま》っ直《す》ぐ東に進めば八坂《やさか》神社と目的の円山公園がある。

あとはこの歩道いっぱいにひしめく人さえなんとかなればいいんだが。

「こんなに混んでたっけ河原町って」

「今日は特にって感じだね。どうしたんだろう？」

「はぐれないように気をつけてね」

「うん、しっかり摑まってるね」

ぎゅっと千帆が僕の腕を抱きしめる。それも腕だけじゃなく身体全体でしがみつくようにだ。いつもは柔らかく
力いっぱい。

僕を包んでくるたわわも、ちょっと暴力的に僕の腕を圧迫していた。

「痛い痛い、痛いよ千帆」

「愛とは痛いものなんだよ、あーちゃん」

なんのこっちゃ。

四条大橋に差し掛かると急に空が広くなる。橋の下を流れるのは鴨川だ。

正面右手には日本のお城みたいな造りをした大劇場――南座。左手にはモダンなレンガ造りの洋食屋さん。正面、遠くに八坂神社の紅《あか》い西楼門《にしろうもん》が見える。

京都というと、古民家が建ち並ぶイメージがあるが実は違う。

その街中は、レトロな雰囲気漂うビルと寺社仏閣、お洒落《しゃれ》な最新のデザイナーズ物件が渾然一体《こんぜんいったい》となっており、カオスなエネルギーに溢《あふ》れているのだ。

「なんか懐《なつ》かしいね、あーちゃん」

「そうだね」

「大学生の頃はいっぱいこの辺りでデートしたよね」

「逆に新鮮味がないとも言えるね。なんで京都にしたのさ？」

「高校生のあーちゃんと、京都でデートしてみたかったの。ダメかな？」

「……かわいく言ったので特別に許します」

「もう、なにさまよ。あーちゃんのくせに」

僕の脇腹をちくちくと千帆が突《つつ》いた。

実は、僕と千帆は大学生時代に京都で同棲《どうせい》していたのだ。

なので、この時代の京都の光景がやけに懐かしい。

通り過ぎる和菓子屋のディスプレイを覗《のぞ》き込んでは、美味《おい》しそうだねと物欲しそうな顔をする妻。

大学生時代もこんな感じで寄り道ばかりして、ろくに行きたい所に行けなかったのを思い出してしまった。

そんな風にデートを楽しんでいると、あっという間に僕たちは八坂神社にたどり着く。

ここまで来れば、人も少なくなると思ったのだが——。

「なにこれ、すっごい人だよ、あーちゃん。どうなってるの？」

「……こっちが聞きたいよ」

京都でも有名な神社だけど平日の昼間の賑わいじゃない。

西楼門前の階段には記念撮影が難しいくらい人がひしめいている。

不思議に感じながらも神社の境内へ入れば、本殿の前にも気の遠くなるような長い列ができていた。ちょっと来たのを後悔する。

とはいえ、お参りせずに円山公園に抜けるのは流石《さすが》に神様に失礼。

僕たちは列に並ぶと炎天下でしばらく待った。

お賽銭《さいせん》を投げて二礼二拍手一礼。

「どうか未来に無事に帰れますように」

「どうか無事にあーちゃんと結婚できますように」

願い事でも意見は食い違い。ここまでくると、どうしようもないなと思いながら、僕たちは境内を東へ進んで円山公園へと出た。

八坂神社からの登り口。祇園山鉾《ぎおんやまほこ》の倉庫に人だかりができている。

よく見れば作業員のおじさんが着る法被《はっぴ》に「祇園祭《ぎおんまつり》」の文字が見えた。

なるほど。混雑の原因がようやく分かったぞ。

「そうか、今日は7月13日だからだ。祇園祭の前日だからだよ、千帆」

「あぁ、そっか」

京都祇園祭。

7月14日から17日までの四日間、四条烏丸《しじょうからすま》を舞台に行われる絢爛豪華《けんらんごうか》な大祭。

夜は大通りが歩行者天国に変わり、屋台がいくつも立ち並ぶ。近辺の町内は山鉾《やまほこ》――ユニークな形の神輿《みこし》のようなもの――を飾り、祇園囃子《ぎおんばやし》という音楽を奏《かな》でる。

そんな大規模で盛大な祭りである。メインの開催期間は四日間だがその一週間前くらいから、京都市内はこんな風に祭りの準備で騒がしくなる。

混雑の原因はそういう理由だった。

「そっか明日から宵山か」

「どうりで河原町から混んでるわけね。知ってたら絶対来なかったよ。ショックぅ」

「……しかし、すごいタイミングにタイムリープしてきたね」

「もしかして、祇園祭がタイムリープの原因なのかな？」

いや、それは違うでしょ。

僕ら別に京都市民でもないし祇園祭に縁もないじゃん。

倉庫前から続く祇園祭の賑わいを遠巻きに眺めながら、僕と千帆は坂本龍馬《さかもとりょうま》と中岡慎太郎《なかおかしんたろう》の像の前まで移動する。

ここまで来ると祇園祭の喧噪《けんそう》は遠い。

ほっと一息つきつつ、木陰になっている石のベンチに僕らは腰掛けた。

「疲れた。まったく、思いつきでこんなことするから大変だよ」

「けど楽しいでしょ？」

「……うん。まぁ、それは」

「ほらぁ。楽しいなら文句言わないでよ。困らせないでよね」

千帆が頬を膨らませてそっぽを向く。

千帆の言い分はもっともだ。デートの最中だというのに心ここにあらずな男なんて最悪だ。ひっぱたかれても文句は言えない。

けれど、だまし討ちで連れてこられたらね。

それに僕たち、デートの前にタイムリープの最中なんだからさ。

「千帆。もう少し真面目にタイムリープのことを考えようよ」

「考えてるじゃない。こうしてデートをやり直しているでしょ？」

「だから人生やり直しじゃないよ、このタイムリープは」

「なにか証拠があって言っているの？」

「それはないけど」

「だったら違うってどうして言えるの？」

鋭いな千帆ってば。

まったくもってその通りだ。

僕がそう思っているだけで、確たる証拠は何もない。

千帆と僕はただ自分の希望を主張しているだけなのだ。

だから僕も強くは言えない。

そして、もやもやとしてデートを楽しむこともできない。

「……どうしたらいいんだろうなこれ」

分からなくなって僕は黙り込んでしまった。

デート中に急に落ち込む男ってのも、また最低だな。

「……もう。じゃあ、これならどう」

煮え切らない僕を見かねた感じで千帆が手を叩《たた》いた。

眩《まぶ》しい夏の陽射《ひざ》しの下、妻の額に浮かんだ汗が煌《きら》めく。

ウェーブがかかった黒いロングヘアーがふわりと風にゆれれば、千帆の柔らかく甘い匂いが僕の鼻をくすぐった。

その表情からは、男を試すような妙な色気を感じる。

「賭けをしましょう、あーちゃん」

千帆は靴の先を揃《そろ》えると、僕の顔の前で右手の人差し指をピンとたてた。

「賭け？」

「あーちゃんは、タイムリープが目的のあるものだって思うのよね？」

「うん、この時代に戻ったのには、何か理由があるはずなんだ」

「なら、タイムリープが人生やり直しモノか目的のあるモノか賭けましょう。それで、当たった方の言うことをタイムリープが続くかぎり尊重するの」

なるほど悪くないかもしれない。それなら僕も割り切れそうだ。

「……けど、どうやって判断するの？」

「目的があるってことは、目的を達成しなきゃループするんじゃないかな？」

「確かに」

「ループが起きたら目的のあるモノ。起きるまでは人生やり直しモノってことにするの」

つまりだ。

ループするまで黙ってデートにつきあいなさいって言いたいんだ。

言葉巧みでしたたかな妻の提案に、思わず唸《うな》りそうになってしまった。

同時に妻を僕は無性にうらやましく感じた。

「千帆は、ほんとにポジティブだよね」

「ポジティブって？」

「もっとさ、狼狽《うろた》えてもいいと思うんだよ。タイムリープなんだよ？」

全力でデートを楽しめる千帆のそのポジティブさが僕にもあったなら。

きっとこんな賭けをしなくても、このタイムリープをエンジョイできるだろう。

なんでこうも、僕は悲観的なのだろうか。

「……バカね、あーちゃん」

「……え？」

妻の言葉に僕は顔を上げる。

地面から上る放射熱に景色がにじむように歪《ゆが》み、京都盆地に吹く乾いた風が容赦なく肌を焼く。陽射しはいよいよ厳しくて目を開けているのもちょっとしんどい。

そんな真夏の京都で、妻はまるで花のように明るく微笑《ほほえ》んだ。

「好きな人と一緒に青春をやり直せるのよ。こんなに嬉《うれ》しいことはないわ」

その言葉に僕は胸に渦巻いていたいろんな感情を一瞬にして溶かされてしまった。

やっぱり千帆は僕より上手だ。

追い打ちのように彼女はそっと僕の手を握り込む。

優しい手つきと温《ぬく》もりにダメ押しされて、僕はようやくくだらない意地を捨てた。

「……分かったよ、千帆。その賭け、のった」

「ほんと？」

「うん。ループが起こるまで、僕は君のやることに口を出さないよ」

安堵《あんど》の笑みでオーバーキル。

妻の笑顔と思いやりに満身創痍《そうい》でもう動けない。

なので、貴方《あなた》に大人しく従いますと、僕は千帆に情けない苦笑いを返した。

握りしめた手を千帆が引っ張れば、僕たちはその場に立ち上がる。

東の山からちょうど風が吹いた。

夏の嵐。少し強い夏風に公園内の木々が賑《にぎ》やかにゆれる。鮮やかな緑色をした木の葉を巻き上げると、それは夏空に吸い込まれるように忽然《こつぜん》と消えた。

「千帆の言うとおりだよ。好きな人とタイムリープして青春をやり直せるなんて、そんな素敵なことはない」

「でしょ？」

「じゃあ、なにする。どこに行きたい千帆？」

「えっとねえ。このままねねの道を通って清水寺《きよみずでら》まで出て、そこから五条通《ごじょうどおり》に下りて。清水五条《きよみずごじょう》で京阪《けいはん》に乗って出町柳《でまちやなぎ》に……」

「いったいどれだけ遊ぶ気なのさ！」

「いいじゃない。ほらほら、はやく行きましょう！」

千帆が僕の腕を遠慮がちに引く。

分かったよ。

それなら、もうおもいっきりタイムリープを楽しんじゃおう。

僕は千帆に誘われるまま、彼女がさきほど言ったねねの道に向かって歩きだす。

ちょっと休んだおかげだろうか、それとも迷いが吹っ切れたからだろうか。京都を奥へと分け入ろうとする僕の足取りは、すっかり軽くなっていた。

◆◆◆◆

「花魁《おいらん》風と夜鷹《よたか》風、どっちがいいかなあーちゃん？」

「どっちもいやです。せいそふうでおねがいします」

「ほらほら、あーちゃんも中で一緒に見てよ。どれが似合う？」

「ナチュラルに更衣室に引きこまないで」

借りもしないのにレンタル着物屋。

浴衣《ゆかた》をさんざん着倒して、うまいこと言って何も借りずに店を出る千帆。

さらに土産物屋でも、千枚漬けから八つ橋まで片っ端から試食する。

子供だからってやりたい放題である。

「もうお腹《なか》いっぱいだよぉ。けぷ」

清水寺へと向かう坂道を上りながら、妻は満足げにお腹をさすった。

キリンレモンのペットボトルに指を絡《から》めて、彼女はお尻の前でそれを楽しげにゆらす。

表面に浮いた水滴が怪しく輝きしたたり落ちる。それがゆれるスカートの裾から出た太ももやふくらはぎを濡《ぬ》らすたび、後ろを歩く僕はそれとなく周りに気を配った。

二年坂を登りきって清水坂へ。

少しお洒落《しゃれ》な感じのするお土産屋さんから、いかにも修学旅行生相手の賑やかなお店が多くなってくる。僕らはそんな街並みを修学旅行生に交じって楽しんだ。

そのまま清水の舞台へ。

空は快晴。見事なまでの夏晴れの下で、歴史薫る京都の街並みが広がっている。

「見てみてあーちゃん。京都タワー」

「ほんとだ。まぁ何の思い出もないけれど」

「私たちが住んでた所はもっと北側だものね。ここからは見えないや」

ゆるゆると清水寺修学旅行コースを満喫する僕たち。

隣の府の高校生なのにいいのかしら。

そんなこんなで時は流れて。

２００７年7月13日金曜日17時18分。

清水寺から八坂神社に戻りさらに四条大橋までとって返した僕たちは、鴨川の河原に下りてとぼとぼと三条大橋に向かって歩いていた。

河原と言ってもそこはほぼ土手。

左手には鴨川から引き込んだ小川が流れており、緩やかな水面の上に納涼床《のうりょうゆか》という木組みの座敷《ざしき》が組まれていた。夏限定で設営されるそのテラス席は、夏の京都の名物だ。

さて。

鴨川に僕たちが来たのには実はわけがある。

「あーちゃん、あそこ、良《い》い感じに空いてる！」

「それじゃあそこにしようか」

ここ四条から三条にかけての鴨川の河原は、京都のナンバーワンデートスポット。

繁華街の近くで深夜まで明るいため、夜中に男女が肩を寄せ合い愛をささやくのにうってつけ。しかも、ほどよく隣と距離を取れば、闇が自然の帳《とばり》を下ろしてくれる。

ちょっとイチャついてもバレない大人な遊び場。

まぁ、どこまでやるかはそのカップル次第だが、それ抜きでも雰囲気がいい。

京都に縁のあるカップルが、一度は絶対に来たいロマンチックな場所なのだ。

当然、デートの締めはここでという話になった。

「はい、千帆。これ使って」

「ハンカチなんて持ってるの。あーちゃんてば――えらい！」

「いや、普通持ってるでしょ」

千帆が腰を下ろそうとしていた場所にそっとハンカチを敷く。

それじゃ遠慮なくとお尻を置いた千帆。スカートの裾をうまくまとめてちょこんと体育座りすると、彼女は鴨川の水面を眺めてほっと息を吐いた。

満足げな妻の隣に僕も座る。

ちょっと足を崩したのは、歩き疲れてしんどかったから。

千帆と比べて高校生時代はよわよわのよわなモヤシボーイだった僕に、京都坂道観光ツアーはハードな行程だった。

肩を寄せ合って僕たちはしばし息を整える。

千帆にハメられてやった京都デートだけれど、終わってみるとけっこう悪くなかった。

いやそんなキザな言い方はダメだな。

大満足でした！

高校生の妻がかわいすぎて★5つ！

青春サイコー！

「なんか新鮮だったな。けっこう京都でデートはしたつもりだったけど」

「そうかしら。高校生でデートしたのはこれがはじめてじゃない？」

「あれ？　そうだっけ？」

「どうだったかな、しーらない」

千帆の方を向けば、なぜかしょげた感じに目を伏せていた。

そんな彼女に、僕はほんの少しだけ肩を寄せる。

ぴとりと肌が触れあえば、千帆はぽっとその頬を赤らめて微《かす》かに身もだえた。

「もーっ。まだ明るいよ、あーちゃん。なにする気かしら？」

「普通にデートのしめくくりかな」

「なんだ残念」

「むしろ君の方が何を期待してたのさ」

「ふふっ、内緒だよ」

べえと舌を出して、それからまた千帆は目を伏せる。

寂しげなその横顔にちょっとだけ、浮ついた僕の心が沈んだ。

「……なんかあっという間だったね」

「……そうね」

あっという間にタイムリープで巻き戻った時間は過ぎていった。

やり直す暇なんてないくらいに。

過去に戻れたらなんて誰でも考えるけれど、実際にやるとなんにもできないな。

時間の流れに食らいついてくだけで精一杯だ。

はたして漫画みたいに自分の望む未来にたどり着ける人なんているのかな。

なんて、たった一日でしみじみと思ってしまった。

遊んでただけなのにね。

けど、とても楽しかったよ。ここ数年で一番はしゃいだんじゃないかな。

「どうかしら、タイムリープの感想は？」

「すごくよかった。大人になるとこういう賑やかなデートは格好悪いからね」

「あら、誰に格好つけることがあるの。別にまだ子供もいないでしょ？」

「そうじゃないよ」

「……けど、ちょっと分かるかも」

川の流れは緩やかで、せせらぎは耳を澄まさないと聞こえてこない。日はまだ高く、街に電灯の明かりもないが、夕暮れ時の静けさを僕はそこに感じた。

都会に忽然と現れた静寂にどこか気をつかうように千帆が静かに頷《うなず》く。

「大人になるとできないことっていろいろあるよね。昔は、恥ずかしいともなんとも思わなかったのに、もうそんな歳《とし》じゃないわって、勝手にあきらめちゃうような」

「千帆にもあるんだ、そういうの？」

「あーりーまーすー！　もうっ！　ほんとあーちゃんてば無神経なんだから！」

「ごめんなさい」

僕の脚の肉をきゅっと千帆がつねる。切ない痛みが走った。

「だからかな。タイムリープでこんなにはしゃいじゃったのは。大人じゃ絶対に無理なことができる。そう思っちゃったのかも」

「……そっか」

「……ねぇ、あーちゃん」

ちょっと妻の声色が変わった。

何かに迷ったように彼女は沈黙する。

目を閉じたその横顔は何かを熱心に祈っているように見えた。

声をかけようか、戸惑う間に彼女は瞼《まぶた》を開く。そして、タイムリープしてからはじめて
千帆は僕に不安そうな表情を向けた。

「ちょっと、変なことを言うけれど勘ぐらないでね」

「……なんだい？」

恥ずかしそうに彼女は膝の中に顔を隠す。

その体勢のまま、彼女は牽制《けんせい》した『変なこと』を僕に問いかけた。

「あのねあーちゃん。私がなんでこんなことをしたか分かる？」

「こんなことって？」

「……やっぱり、そこからなんだね」

軽い気持ちで聞き返しただけなのに、僕は妻の期待を裏切ってしまったようだ。

予防線を張った割には深刻な話らしい。

膝の間から少し顔を上げて、千帆が僕にすがるような視線を向ける。

これ以上失望させないよう、ちょっと神妙な顔をしてみる。

すると、妻はまた心細そうに口を開いた。

「じゃあ、なんで私が高校時代にあーちゃんとデートしたかったのか、分かる？」

「あ、それは分かるよ」

「……え？」

強引に僕は千帆の顔を覗《のぞ》き込む。

あんまりこういうのは得意じゃないけれど、千帆が可哀想《かわいそう》で見ていられない。

暗い顔をした千帆の背中に僕は優しく手を回す。それだけで、何をされるのか分かったのだろう、妻は膝から顔を上げると瞳を潤ませて僕を見つめた。

腰に添えた手から伝わってくる、千帆の期待するような息づかい。

それに応えるように僕が身体《からだ》を動かせば、二人の鼻先がお互いを求めるように近づく。

言葉もなく僕らは唇を重ねた。

朝からずっとお預けを食らっていたというのに、大人しく優しい控えめなキスだった。

そんなキスを選んだのは、妻にちゃんと寄り添いたかったから。

彼女への愛《いと》しさを丁寧に届けたい。

男には難しいキスを、妻はどこか嬉《うれ》しそうに受け入れてくれた。

しばらく余韻を楽しんだ僕たちは顔をゆっくりと離す。

どこかいじけた顔の妻。

どうやら言葉で答えて欲しいようだった。

「答えは、高校時代の僕とこんな風にイチャイチャしたかったから、だろ？」

「……バカ」

「言い返さないってことは正解なのかな？」

妻の顔にちょっと元気が戻る。

恥ずかしいのを我慢してやった甲斐《かい》があったよ。

「……それで？」

「へ？」

「なんで私は、高校時代のあーちゃんとこんな風にイチャイチャしたかったの？」

「嘘《うそ》でしょ、まだ続くの」

終わったと見せかけて質問はまだ続く。

まるで嫌がらせのようななぜなに分析攻撃に僕は絶句した。

逆に期待させたのがいけなかったのかもしれない。妻はまた俯《うつむ》いて、さっきよりも暗い顔をすると、その膝のカーテンの中に顔を隠してしまうのだった。

「……もうしらない」

「千帆」

「あーちゃんなんて、もうしらないんだから。バカ」

その言葉は、タイムリープ前に聞いたものと違って本気だった。

そんなに彼女にとって大事なことだったんだろうか。高校時代の僕とのデートが、妻にとってそれほど特別なのだろうか。嬉しいけれど素直に喜べない。

「千帆、拗《す》ねていないで教えてよ」

「……やだ」

「僕も嫌だよ。君と仲違《なかたが》いをしたままなんて。せっかく青春をやり直すのにさ」

「……あーちゃんが、覚えていないんじゃ意味がないよ」

「覚えてないって?」

「……もういいって! しつこいよ!」

そう言って、千帆が僕から距離を取ろうと身を引いた瞬間——。

僕の視界が暗転した。

◆ ◆ ◆ ◆

「やっぱり、夏休みは泳ぎに行きたいですよね。あたしも、プール旅行を考えていたんです。ひらパーとかどうですかね。あ、けど、混んでるかな」

「……え？」

「……どうかしましたかセンパイ？」

気がつくと僕は人通りもまばらな生活道路を歩いていた。

京都ではない。さきほどまでいた鴨川とは全然違う。

これは、もしかして。

急いで僕は制服のズボンから携帯電話を取り出す。折りたたみ式のそれを開いて、中を確認すれば、カラー液晶に現在時刻がすぐに表示される。

２００７年7月13日金曜日7時58分。

「嘘だろ。時間が巻き戻っている？」

僕はまた、タイムリープした朝へと帰ってきた。

もしかしなくても登校途中。

景色にも見覚えがある。そうだ、確かに僕はここを通学路に使っていた。

けれども――。

「……君は誰だ？」

「え？」

並んで隣を歩いている少女に僕は首をかしげた。

それは僕の最愛の妻——千帆ではなかったからだ。

「千帆はいったいどこへ?」

「……千帆さん?」

くせっ毛でボーイッシュなショートヘアー。

低身長、スラリとした華奢《きゃしゃ》な体躯《たいく》に、その白さがまぶしいブラウス。

黒々とした無地のスカートは、女子高生らしく適度に裾が上がっている。

足元は黒地のワンポイントソックスに紅色のコンバース。

戸惑う僕に彼女が引いたような微笑《ほほえ》みを向ける。その瞬間、僕の中で少女の表情と、未来の知り合いの表情が重なった。

まさか、君は。

「なんですか、狐《きつね》につままれたような顔をして。ねぼけてます?」

「……もしかして、相沢《あいざわ》なのか?」

「そうですけど? センパイのかわいい後輩こと、相沢郁奈《かな》ちゃんですよ、忘れちゃったんですか? って、なにを言わせるんですか、もうっ!」

なぜだか分からないが僕の隣を歩いていたのは僕と千帆の後輩——相沢郁奈だった。

二周目「寸歩不離《すんぽふり》」

相沢《あいざわ》と僕が知り合ったのは高校二年の春のことだ。

僕は高校時代に保健委員で、頻繁に保健室へと出入りしていた。

相沢はいわゆる保健室登校をしていて、そこで僕らはよく顔を合わせていたんだ。

性別が違うこともあり、最初は距離を置いて接していたんだけれど、ある時僕たちは漫画の話で盛り上がって、それから話すようになったんだよね。

そしてある程度仲良くなった所で、僕は彼女から授業に出ない理由を聞かされた。

「実は高校デビューに失敗したんです」

「さんざん引っ張った割にしょーもな！」

「しょーもなくないですよ。大事なことじゃないですか」

「些細《ささい》なことだよ！　本気で心配した俺に謝れ！」

今思い返してもしょーもなくて白目を剝《む》きそうだ。

その後、ゴールデンウィーク明けに相沢はクラスに復帰。無事に馴染《なじ》んだ彼女は、遅まきながら青春を開始した。

けど、保健室登校を終えても相沢は朝の登校や放課後に僕に会いにきてくれた。

こんな風に。

「ひどい。よく一緒に登校してるじゃないですか。なのに忘れるなんて」

「え、いや、ごめん」

「そういう空気の読めない冗談を言うからダメなんですよ。いいんですか、将来結婚する相手が見つからなくて、泣いてすがる先をみすみす捨てちゃっても？」

いや、結婚はするし相沢とはずっと友達関係なんだけれども。

どや顔でモテないことを煽《あお》ってくる後輩に、明るい僕の未来を教えてあげたい。

けど、今はそんな状況じゃない。

「さぁ、早く学校に行きましょうセンパイ。遅刻しちゃいますよ」

「わっ、ちょっと、腕を引っ張るなよ相沢」

「どうしました。あたしと腕組んで登校するの、嫌なんですか？」

「なにそのノリ？　君って昔からそんなだったっけ？」

「ならばこうです！」

腕を引っ張り相沢が僕の手を握る。

それはいわゆる恋人繋《つな》ぎ。指と指を絡《から》める恥ずかしい奴《やつ》だった。

「ちょっ、相沢！」

「やだ、恥ずかしがっちゃって。かわいいんだから」

「かわいいって……」

「ふふっ、誤解されたら責任とってくださいね？」

「なんで僕が責任を取るの。握ってきたのは相沢じゃんか」

なんなのこのノリ、どういうこと。

相沢ってばどうしてこんなグイグイ僕に迫ってくるの。

別に僕たち、つきあってるわけでも、恋人というわけでも、友情から恋にステップアップできない甘酸《あまず》っぱい異性の友達でもないのに。

相沢にされるがまま、僕は恋人繋ぎで通学路を学校へと進む。

機嫌良く僕の腕を引く相沢の後ろで、僕はひたすら自問自答した。

なぜ時はまた戻ったんだ。

どうして僕は千帆《ちほ》と一緒に登校していないんだ。

なんで相沢がこんな後輩系ヒロインみたいにグイグイ迫ってくるんだ。

「どうしたんです。センパイってばちょっと今日変ですよ？」

「いや、僕が変っていうか……」

僕の顔を相沢が心配そうに覗き込んでくる。

身長百四十センチ弱。当時から僕より小さいミニマムガールの彼女は、コケティッシュな表情を僕に容赦なく向ける。

まずい、そんなこと考えている場合じゃないのにクラっときそう。

「大丈夫ですか？　もしかして、本当に調子が悪いんですか？」

「いや、大丈夫」

「辛《つら》かったら言ってくださいね。いつもセンパイにはお世話になっているんですから、迷惑とか思わず遠慮なく頼ってください」

やめて相沢。

妻がいる高校生を優しい言葉で誘惑しないで。

上目遣いで低身長後輩女子が心配してくれるとか、青春クリティカルなイベントを発生させて、男心をゆさぶらないで。

「歩くのがしんどいなら、あたしの肩を貸しましょうか？」

「いや、そんなんじゃ」

「じゃあ、腕にしておきましょうか——なんて、かかりましたねセンパイ」

「あ、なんだ、からかわれてただけか」

「心配するフリからの腕組み登校。こんなの同じ学校の生徒や先生に見られちゃったら、どうなっちゃいますかね？」

「いや、君こそいいのかいこれ？」

朝からちょっと攻めすぎじゃない？

あと、さっきから微妙な膨らみを押しつけてくるのも勘弁して。

「センパイ、苦しそうですね？」

「いや、その」

「ふふっ、朝から変なセンパイ。えいっ」

「分かっててやってるだろ。腕をそんな色っぽく触らないの」

僕の腕を人差し指でなぞってくる相沢。男女のエッチなやりとりじゃん。

やめてと言いたいが、高校生の相沢に手玉に取られて何もできない。

焦《あせ》るばかりの僕を小悪魔な表情で見上げる相沢。

その表情の奥にあるのは、恋心というより嗜虐《しぎゃく》心。それも、大人の男女の間に発生するエロティックなものではなく、子供の頃に誰もが抱くいたずら心のようなものだった。

そうだ彼女ってこういうキャラだった。

人をからかうためなら手段を問わない。

まるで未来のからかい上手な女子キャラクターを先取りしたような女後輩。

ただし、そこに恋愛感情はない。

なんて思った矢先、相沢の目が猫科動物のように輝いた。

あ、やばい。

まだこれ、猫被《かぶ》ってた奴だ。三十パーセントも力を出していない。

ほら、また胸を押しつけてくる！

千帆と比べれば物足りないサイズだけれど、成長途中って感じが逆にエロい！

やめて！

こんな直接的なアプローチされたら、妻がいてもどうにかなっちゃうから！

「ちょっと相沢さん。さっきから胸が」

「やっぱり物足りませんか？」

「いやそうじゃなくてね」

「どうしたんですかセンパイ。なんかホントに今日は変ですよ。もしかして、あたしのこと意識しちゃってます？」

「ななな、なにを……」

「というか、いつもなら郁奈《かな》って呼び捨てじゃないですか。なんで今日は名前で呼んでくれないんです？」

「え、マジで？　それは覚えがないんですけれど？」

そう言った途端、ぱっと相沢が僕から手を離す。

ついでに距離もとると、彼女は顎先に手を当てて、じっとこちらを見てきた。

それまでの小悪魔的な顔から打って変わって探偵の顔だ。

なになに、なんなのいったい？

「センパイ。本当にどうかされました？」

「どうかしたって？　僕は別にどうもしてないよ、いたって普通さ」

もしかして高校時代の僕は本当に相沢のことを郁奈って呼んでたの？

ダメだよそれ、浮気《うわき》になる奴。

千帆にめちゃくちゃ怒られる奴じゃん。

名前呼びなんて分かりやすい彼氏ムーブ、僕はやってません！

こんな登校中にこれ見よがしにイチャついて、おまけに下の名前で呼んでたら、それほぼ百パーセントつきあってるじゃん。

大人になって思い返した時、絶対に出てくる青春メモリーでしょ。

僕たちはあの頃、告白はできなかったけどカップルだったな——って。

けど、そういう関係じゃなかったでしょ、僕ら。

「センパイ。もう一度言ってもらっていいですか？」

「な、なんのことだよ……」

僕の動揺とは裏腹に、なぜか相沢は妙に冷静。

さっきまでのからかいはどこへやら。痛いくらい真面目な視線をこちらに向ける。

ほんと相沢じゃないみたいだ。

何を彼女は疑っているんだ。

それとも、また僕をからかうつもりなのか。

もういい加減にしてくれよ。

「いや、朝からこんな風に迫られたらさ。変にならない方が僕はどうかと思うよ」

「それです」

「……それ？」

なにがそれなの？　僕、別におかしなこと言ってないよね？

まさか高校時代の僕って、これくらい涼しい顔でするスケコマシだったの？

まったく身に覚えがないけど？

「センパイって、一人称は『俺』ですよね？」

「……あぁ」

「あぁ？」

「あぁ、そうだったね。うん、ちょっとイメチェンしてさ」

そんな心配をよそに指摘された内容は意外と細かいことだった。

あぁそう、一人称ね。

確かに違和感を抱くポイントだ。

高校の頃は僕、『俺』って言ってたなぁ。

懐《なつ》かしいや。

「あと、しゃべり方もいつもは自意識こじらせてる感じですし」

「自意識こじらせてる感じ」

「時々、少女漫画の勘違い残念王子みたいになりますし」

「勘違い残念王子」

「漫画の話をさせると、俺は分かってる系の感想ばかりですし」

「俺は分かってる系の感想ばかり」

「センパイ？　顔が青いですよ？　お腹痛《なか》いんですか？」

お腹より高校時代の僕が痛いかな。

タイムリープして中二病の自分と向かい合うなんてあります？

「それでなくても後輩にこれだけ想《おも》われているのに全然気づかない、鈍感ヘタレっていうのも考えものですよね」

「いっそ殺してくれー！」

「なんて、冗談ですよ」

いや、客観的に見ればまったくその通りでございます。

からかわれてるにしても、ここまでグイグイ後輩に迫られているのに、くっつかないとかおかしいでしょ。徐々に恋に変わるタイプのラブコメじゃない。

なのになんでつきあわなかったの。

他の女と結婚して今も友人関係とか、クソ以外のなにものでもないでしょ。

裁判になったら僕に勝ち目はないよ。

もうこっちからお願いして慰謝料を払いたいくらいだ。

高校時代の僕のバカ！　なにやってんのさ！

「けど、センパイの良いところも、ちゃんとあたしは知ってますから……」

「ごめん、ごめんね、ごめん、相沢、ほんとごめんね」

「え、ちょっとなんで財布を取り出すんです？」

「これ、今の僕が出せる全財産。これから先、毎月五千円ずつ納めるからそれで許して。バイトしてなんとしてでも払うから。だからお願い」

「受け取れないですよそんなの」

「いいから受け取ってお願いだから！　そして許して！　何も聞かずに許して！　気づかないうちにラブコメの主人公みたいなことをしていたバカな僕を！」

「自意識過剰すぎません⁉」

僕は叫んだ。まだこの頃流通していた、夏目漱石《なつめそうせき》のお札を持って叫んだ。

千円って。

バイトしてないにしても財布の中身貧相すぎません？

◆◆◆◆

死にたい。

「死にたい」

感情と言動が一致して僕に死を求めていた。

つらい。

けど、死ねない。

ここで死んだら妻も悲しむし数少ない友達も泣く。

なにより死ぬ理由が恥ずかしすぎる。

高校時代にラブコメみたいなやりとりをしていた女子とくっつかず、友達ポジションでキープし続けて、結局違う人と結婚するから死にますなんて。

というか、誰もそんな真相なんて気づかないよ。名探偵でも無理だよ。

なら逆に安心して死ねるか。

いや、そういうことじゃないよね。

「センパイ！　それじゃまたあとでメールしますね！」

大勢の生徒の前で叫ぶ相沢。

絶対にわざとやってるよね。

からかうことにここまで全力を注げるのホントすごいと思うの。

当時の僕、なんでこれでつきあわなかったの。フラグ立ちすぎて剣山じゃん。しかも、彼女を無自覚に振っておいて、どうして今も友達面ができるのさ。

ラブコメのクソ主人公かよ。

また死にたみが強まってきたぞ。

けど、やはり死ねない。

この過去という名の思春期恥ずかし黙示録から未来に帰るんだ。千帆と一緒に。

いや、たとえ僕が犠牲になっても千帆だけは未来に戻すんだ。

だからまだ生きなくては。

「気を強く持つんだ篤《あつし》。大丈夫、僕ならやれる。この恥ずかしい過去を前にしても逃げ出さずに運命に立ち向かえる。僕はできる。できる男なんだ」

かけ声がまただいぶ気持ち悪かった。

やっぱり死にたい。

時刻は8時23分。場所は茨木《いばらき》市内にある府立高校。

タイムリープの謎にループの発生、そして後輩系ヒロインムーブで迫ってくる相沢に混乱しながらも、僕はなんとか学校までたどり着いた。

ただし、相変わらず頭の中は少しも整理できていないが。

「千帆と連絡を取りたいけれど、彼女もどうなってるか分からないしな」

幸いにも千帆も僕と同じ学校に通っている。

ここはあわてず、まずは教室に顔を出して休み時間にでも千帆の様子を見に行こう。

というか休憩させて。

精神的にちょっとしんどいです。

そんなこんなで教室に入れば生徒でいっぱい。朝練上がりの生徒から帰宅部まで、ほぼほぼ教室の中には揃《そろ》っている感じだった。

黒板横の掲示板。そこに貼られている座席表で僕は自分の席を確認する。

窓側、後ろから二番目の席に腰掛けると、僕はほっと息を吐いた。

「おーっす。おはよう鈴原《すずはら》」

「うぉ、杉田《すぎた》だ」

僕の席から斜め前。振り返って挨拶してきたのは未来の親友にして同僚の杉田だった。

この当時から既に僕らはそこそこ仲が良かった。

親友と呼び合うのはまだ先だけど。

ちなみに杉田は野球部員。二年生なのにレギュラーだ。

朝練の後だろうか、シャツから出ている野太い腕には玉のような汗が浮いていた。

「うぉってなんだよ、傷つくな」

「あぁ、ごめんごめん。なんか制服姿の杉田って新鮮でさ」

「え、なんなのそれ。もしかして、鈴原くんてば俺のことを狙って」

「その意味の分かんないノリはこの頃からだったんだな」

ちなみに、ちょいちょいこういうノリになるのはお姉さんの影響だ。

杉田には一歳違いの姉がおり、彼女の影響で少女漫画を普通にたしなむのだ。乙女っぽいムーブをしてしまうのはそれが原因。

根が少女漫画の男の子なんだよ。ゴリラみたいな身体《からだ》なのに。

それを知っているのは、親しい間柄の僕たちだけなんだけれど。

「七月も半ばになると朝練がきついわ。もう汗だくでさ。インナーがすぐベトベトだぜ」

「おー、おつかれ。頑張るねぇ。今年は甲子園に行けるといいね」

「おうよ。目指せ大阪大会優勝！」

椅子を斜めにずらして僕の方を向いた杉田は、シャツの襟で顔を扇《あお》いだ。

「それよりもさ鈴原、今週のやりすぎコージー見た？」

「朝からする話かよ」

「そろそろモンロー祭の季節じゃんか。ワクワクするよな」

「ちゃんとスポーツで解消しておけ」

「なんだよ澄ました顔しちゃってさ。お前のエグい趣味は俺も知ってんだぞ兄弟」

「……たとえば？」

「いや、たとえばって言われても。ここ、学校だし」

恥ずかしそうに縮こまる杉田。

ウザい野球部男子のノリで絡《から》んでくるんだけれど、少し突くと素の気弱な感じが出る。

これは相沢と違ってしっかり覚えている。

「なに、もしかして機嫌悪かったりすんの？」

「いやごめん、ちょっと余裕がなくて」

「そっか、なんかごめんな」

「いいよいいよ。こっちの話だから。むしろ当たっちゃってごめん」

朝からしんみりとした空気が僕たちの間に漂う。

そんな空気を吹き飛ばすように、窓から教室内に夏風が吹き込んできた。登校でほてった身体にそれは心地よく、少しクラスが静かになる。

さらに夏風に続いて教室の入り口に影が差す。

「おっ、姫さまだ」

杉田のからかうような言葉がその影に向かう。

金色のツインテールを靡《なび》かせて教室に入ってくる色白の美少女。

周囲の視線をまるで気にしない感じの彼女は、教卓前の自分の席に座る。ただそれだけなのに、彼女の姿から僕たちは目が離せない。

男子たちがその可憐《かれん》さに熱っぽい息を吐く。

女子たちがその完璧さに嫉妬する。

クラス全員が見《み》とれる彼女は『そこにいるだけで人を魅了する何か』を持っていた。

「今日もかわいいな。うん、絶好調だ」

「なんでお前がそんなに嬉《うれ》しそうなんだよ杉田。まだつきあってもないのにさ」

荷物の整理を終えた美少女が机から立ち上がる。

手には二つ折りのルーズリーフ。

どこへ行くのだろうかなんて他人事《ひとごと》のように考えていると、金髪の美少女はなぜだか僕の前へとやってきた。

ぞっとするほど美しいその瞳が僕を見下ろす。

思わず生唾を呑み込んでいた。

「鈴原くん」

「え、あ、うん。なにかな」

「手紙、預かったから。それだけ」

そう言って僕の妻の親友はルーズリーフを机の上に置いた。

すぐさまどうでもよさそうに僕から視線を逸らす彼女。

ちらりと彼女が目配せをしたのは杉田だ。

視線に気づいて色男が手を振れば、すげなくそっぽを向いて美少女は自分の席に戻る。

金色の髪とミニスカートをゆらす彼女の姿には、年頃の少女しか持ち得ない鮮烈な色気があった。

「……やっぱりすごいな、全盛期の天道寺《てんどうじ》さんは」

美少女の名前は天道寺文《ふみ》。

千帆の親友で未来の小説家。

後に、斜め前の高校球児と共に僕らが親しく交わる友人だった。

「なんだよ、もっとお話ししていけばいいのに」

そして、ゴリラ男の未来の花嫁。

ほわほわと気の抜けた顔をして天道寺さんを見つめる杉田。

もうベタ惚《ぼ》れ、こっちが恥ずかしくなるような情熱的な視線を、朝から彼は未来のお嫁さんに向けた。

「この頃から命知らずだったんだな、お前って。よく天道寺さんに手なんて振れるよね」

「別に普通じゃん、クラスメイトに挨拶くらいすんだろ」

「そうだけれども」

「むしろお前らが構えすぎなんだよ。まぁ確かにゾッとするほどの美人なのは間違いないけれど、天道寺だって普通の女の子なんだぜ」

流石《さすが》は杉田。未来で天道寺さんのハートを射貫《いぬ》くだけはあるよ。

こういう積極的なアプローチが、彼女の心を動かしたのかもしれないな。

「けど、まだこの頃は君たちつきあってないんだよな」

「誰が？　誰と？」

「いや、なんでもない」

チョコパフェみたいな甘い大恋愛の末に、結婚することになる杉田と天道寺さん。

ただ、高校二年生の夏休み明けから交際をはじめたと杉田からは聞いている。

結婚式のスピーチで使うネタだから間違いない。

「なんだよ、ひっかかるな。隠し事はやめろよ鈴原」

「なんでもないって。大丈夫、どうせすぐ分かるから」

「……ふうん、ならまぁいいか」

そんな杉田が興味深そうに僕の手の中を覗《のぞ》き込む。

どうやら天道寺さんから渡されたルーズリーフが気になるようだ。

食い気味に杉田が僕の方に顔を近づけてきたので、僕は椅子を引いて彼から離れた。

「うらやましいな。姫さまからのラブレターか。俺も欲しいな」

「いやいや預かったって言ってたじゃん」

「あ、そうだな――待て。天道寺を使いっ走りにできる奴《やつ》とかいるの？　天道寺だよ？」

「いいかた」

「誰だよ？　その天道寺と対等に話せる人間ってさ？」

誰もなにもそんなの一人だけだ。

僕が手にしたルーズリーフの差出人は千帆だろう。

天道寺さんの友達で、僕に手紙を出す人なんて彼女くらいしか考えられない。

「ただ、どうしてこんな回りくどいことを……」

別に普通に会いに来ればいいよね。なんで手紙なんて書いたんだ。

千帆の考えが僕には分からなかった。

まぁ、それはそれとして。妻も無事にループしてくれていたようでホッとした。僕だけ過去に戻ったとか普通にありえそうで、心配ではあったんだ。

「なんだよもったいつけんなよ。紹介しろよ。友達だろう俺たち」

「なんでだよ」

「ほら、美少女の友達は美少女じゃん。天道寺は恋人になるの大変そうだし」

心配しなくても、君はその大変な美少女と結婚するんだよ。

「ほら、マナー違反だよ。しっしっ」

「ちぇっ。いいじゃんけちんぼ。ラブレターなら、親友の俺に祝福させろよ」

「都合の良い時だけ親友面するな。けど、ありがとな」

杉田を手で追い払うと、ようやく僕はルーズリーフの中身を確認した。

『昼休み、体育館の倉庫で』

書かれていた文面は実にシンプル。

そして、文字は間違いなく千帆のものだった。

「ごめん、杉田。今日の昼ご飯は一人で食べてくれないかな」

「おう。なんだ、もしかして告白とかか?」

いや、僕もよく分からない。

ルーズリーフを折り畳んで顔を上げれば、杉田が爽やかに笑っていた。

ちょっかいかけてきたくせに、無理に覗いてこないあたりが杉田らしいよ。ほんと、この頃から男前なことでちょっとうらやましい。

ホームルームの予鈴が鳴る。

クラス中の生徒が、急いで自分の席に移動する。遅刻常習犯や運悪く寝坊した生徒が、あわてて教室に滑り込み、それを追い立てるように教師がやってきた。

杉田も僕もあわてて椅子を元に戻す。

日直の元気な号令がクラスに響く。

そんな中、すっと教室に小さな人影が飛び込んだ。

黒髪のサイドテール。赤いヘアバンド。

赤ん坊のような艶のある肌。

柔和で垂れ目がちな瞳。赤いプラスチックフレームのメガネ。

そして、小学生じゃないのかと疑ってしまう小柄な身体。

高校の制服を、ずいぶんとゆったりと着た少女は、教壇の前を通り抜けると、悪びれる素振りもなく窓側最前列の席に座った。

先生は何も言わない。

僕の視線に気づいたのか彼女が僕の方を振り向いた。

えへへとなんだかバツが悪そうに彼女がはにかむ。それから何を思ったのか、その小さな手を旗でも振るようにゆらした。

なにあの娘《こ》。めちゃくちゃかわいいんだけれど。

そんな少女に見とれて、僕はちょっと号令の挨拶が遅れてしまった。

いけないい、いけない。

「はー、せっかく美少女の彼女ができると思ったのに。残念だな」

「まだ言ってる」

先生が出席確認をはじめる中、僕と杉田はこそこそと会話を続ける。

「高校二年生だぜ、俺ら。彼女くらい欲しいよ。俺もおもいっきり青春してぇ」

「僕は幼馴染《おさななじみ》がいるからそういう気持ちは分かんないや」

「よく一緒に登校してる女の子って幼馴染だったんだ？　一年生のちっちゃい娘だろ？」

誰のことを言っているんだ。

たぶん特徴的に相沢だと思うけれど、なんで千帆と彼女を勘違いしているんだ。

さっきの会話もちょっとおかしい。いったいどうなってるんだ。

「あのさ？　杉田、千帆は知ってるよね？」

「誰それ？」

「僕の幼馴染だよ。西嶋《にしじま》千帆。隣のクラスでバレー部所属、天道寺さんの友達でほんわかした感じの背の高い女の子」

なぜだろうか、急に杉田が哀れむような視線を僕に向けた。

千帆のことを説明しただけでどうしてそんな顔をされるの。

というか、あれ、これってもしかして……。

「お前、千帆を知らないの？」

「知らない。知らないよ、お前の悲しい脳内幼馴染なんて」

「いや、脳内じゃないよ。本当に千帆は僕の幼馴染で」

「交友関係が男ばかりのむさくるしい青春についに心が折れてしまったのね。いいのよ鈴原ちゃん。後でアタイの胸を貸してあげるわ」

「だから違うって。変なこと言う――」

僕の喉がヒュッと鳴った。

杉田との奇妙な会話を経てようやく僕は思い出したのだ。

絶対に忘れてはいけない、僕と千帆の高校時代の関係を。

そして、前のループで千帆が僕にたずねた質問の答えを――。

「忘れてたぁあああああ！」

「うわぁ、なんだよ鈴原！」

点呼中だというのに僕はたまらず大声で叫んだ。

だって仕方ないでしょ。

「僕と千帆って高校時代に絶交してたんだ！」

それは僕ら夫婦を語る上で避けて通れない出来事だったのだから。

◆　◆　◆　◆

お昼休み。

千帆が所属する女子バレー部が練習に使っている体育館に僕はやってきた。

待ち合わせ場所に指定された体育館倉庫の鍵は開いている。

おそらく、なんらかの手はずで千帆が外したのだ。

「おーい、千帆ー！　いるかーい！」

両開きの倉庫の扉をゆっくりと横に引く。

中に入ると、正面にある曇りガラスの窓から光が差し込んでいた。

棚やら跳び箱やらポールやらに注意して僕は薄暗い倉庫の中を進む。

「……はぁ。すっかり忘れてたよ」

ため息の理由は高校時代の千帆との関係だ。

高校三年間。そして大学で復縁するまでの半年。

千帆と僕は絶交していたのだ。

「自意識こじらせ少年かよ。幼馴染と一緒にいるのがダサいって、全然ダサくないよ、ラブコメだったら王道だよ。一番人気の奴だって」

理由はよくある奴。

幼馴染の距離感がなんとなく恥ずかしい。彼女でもない女の子と、昔からの流れで仲良くしていることに、高校生にもなって僕は疑問を覚えたのだ。

小学生で済ませておけよ。

しかも、言うに事欠いて「恋人でもないのに一緒にいるのおかしくない？　もう高校生なんだし、少し距離を取ろうよ」って。

高校を選ぶ時「お互い一緒の高校がいいよね！」って、誘ったのは誰だよ。

僕は本当にどうしようもないクズです。

「っていう思春期っぽい理由も実は嘘《うそ》なんだよな」

そう、これ嘘なのだ。

聞いたらみんなが納得する理由として言っていただけ。

千帆を遠ざけた本当の理由は他にある。

そして、それは今でも妻に隠している。たぶん墓までこの秘密は持っていく。

だって——身長が伸びなくて隣に立つのが恥ずかしかったなんてバカすぎるよ。

女の子と距離を取る理由としてはサイアクだ。

そんな理由だから、誤魔化すのも難しくて余計にこじれたんだよね。

歯切れの悪さに「もうしらない！」って千帆が激怒して、そこから三年間口を利《き》いてもらえなかったのもいい気味だよ。ざまぁ。同情する気も起きない。

自分のことなのにね。

「タイミングを考えれば、高校生活をやり直すタイムリープって思うよね。僕だって、やり直せるならやり直したいよこんな過去」

千帆も心当たりがあるとか言うよ。

楽しそうにデートもするよ。

そして、まったく気づかない僕にブチギレるわけだよ。

高校三年間ですよ。青春まったただ中じゃないですか。

人生で一番思い返す日々を台無しにしてどの口が「後悔なんてない」とか言うの。

「ごめんなさい千帆さん。僕が間違っておりました。君と高校時代をやり直したいです。人生というか青春をコンテニューさせてください、お願いします」

「……やっと気づいたのね、あーちゃん」

そんな懺悔《ざんげ》を僕が呟《つぶや》けば、どこからともなく特徴的な声がする。

愛《いと》しい妻の声を聞き逃す僕じゃない。

けどどこかわかんねーなこれ。

戸惑ったのがよくなかった。

いきなり僕は何者かによって目を塞がれると背中から引き倒された。

体操マットの上に僕はぽすりと横たわる。

濃厚な妻の気配が身体《からだ》にまとわりついた。

「私、とっても辛《つら》かったんだからね。すぐ謝りに来てくれるって信じてたのに」

「……千帆」

「誰かさんがいじっぱりだったせいで私の青春は台無しよ。体育祭も文化祭も、夏祭りもクリスマスも、どうして一人で過ごさなくちゃいけないのよ。寂しすぎるわよ」

「ごめんなさい。本当に心から反省しております」

「けど、一番悲しいのは、あーちゃんが忘れていたことよ。ひどいわ。辛かったのは私だけってこと？」

「……そんなことないよ」

だったらなんで忘れていたんだよ。

こんなのトラウマ級の出来事でしょ。

杉田と天道寺さんがつきあったことで、僕たちは関係を再構築する機会を得た。

大学時代に千帆と仲直りして、こうして結婚できたからいいけれど、できなかったら僕は一生引きずっていただろう。

青春の後悔そのものだよ。

気がつくと僕の目を塞ぐ千帆の指先が震えていた。

妻が唇を静かに噛《か》む気配に、僕の心臓が縮み上がった。

「……バカ、バカバカ、あーちゃんのバカ。勝手よ、あなたいつだって」

「ごめんね」

「タイムリープなんかどうでもいいでしょ。目の前にいる私のことをちゃんと見てよ。女の子の気持ちも分からないくせに、なにが未来に帰るよ」

「その通りだね。僕は、もしかすると浮かれていたのかもしれない」

詫《わ》びる言葉もたどたどしい。

どうして男らしく謝れないのか。

タイムリープしてからというもの、あわてふためくばかりの自分が情けなかった。

僕のお尻をぎゅっと千帆がつまむ。こんな女心を理解できないろくでなし、乱暴にひっぱたいてくれたって構わないのに。

「もう一度聞くから、今度は間違えないでね？」

「うん」

「なんで私が高校時代にあーちゃんとデートしたかったのか、分かるかな？」

「僕が想像を絶する大馬鹿野郎で、千帆のことを思いやれないクズだったからです」

お尻が力いっぱいつねり上げられた。

「あーちゃんと高校時代に恋人だったらって、後悔していたからよ！　ずっと、ずーっと思ってたんだからね！」

「ごめんね、気づいてあげられなくて」

「本当よ！　あーちゃんなんて大っ嫌い！」

そう言いながらも千帆は僕を強く抱きしめてくる。

まるでもう絶対に離さないとばかりに、その豊満な身体で妻は僕を包み込んだ。

いつもだったら、やめてよと無理に離れようとする僕だが、今回ばかりは大人しく彼女の好きなようにさせた。背後に聞こえる妻のすすり泣く声が少しでも小さくなればと、僕は妻の手の甲に自分の手をそっと重ねた。

暗い体育倉庫の中、僕たちは無言で身体を寄せ合う。

お互いの鼓動や息づかいを感じるだけ。濃密な夫婦の時間が僕たちには必要だった。

五分ほどそうしていたように思う。

千帆はようやく僕の背中から離れた。

「ごめんね千帆。もう二度と、タイムリープにかまけて君の気持ちをおざなりになんてしないよ。約束する」

「……うん」

「僕と青春をやり直してくれるかい？」

「……未来に戻るんじゃなかったの？」

「君のそんな気持ちを置き去りになんてできないさ」

これだけ後悔しているのに、残念ながらこのタイムリープは人生やり直しじゃない。

なぜなら、二度目の人生を自由にやり直していいならループは発生しないから。

まるで「その改変は間違っている」というように時は巻き戻った。明確に「改変しなくてはいけない何か」があるからこそループしたんだ。

このタイムリープには、やっぱり何か目的がある。

賭けはどうやら僕の勝ちのようだった。

　ただ、だからと言って、千帆の望みを無視することは僕にはもうできない。

　いや、千帆だけじゃない。これは既に僕の望みでもあった。

「目的を果たして未来に戻る。過去もできる範囲でやり直す。それでいいかな、千帆？」

「未来を変えちゃうの、怖くないの？」

「まぁ、そこは慎重に。大きく未来を変えないように気をつけるよ。けど、基本的に変わるのは僕たちの関係だけだから、大丈夫じゃないかな」

「どうするの、未来でいきなり大家族のパパになってたら？」

「……幸せだから問題なし！」

　大勢の子供たちに囲まれる姿を想像して大変そうだなとは思った。

「なんにしても、君との幸福な未来を守れるなら僕は多くを望まないよ。それがもっとよくできるなら、僕も過去を変えるのはやぶさかじゃない」

「……ありがとう、あーちゃん」

「だから、ちゃんと僕を幸せにしておくれよ、千帆」

「元はと言えばあーちゃんのせいだってこと分かってる？」

　はい、すいません。

　調子に乗ってしまいました。

高校時代の僕がしっかりしていればよかっただけですね。

反省。

落ち込む僕とは裏腹に、ぷっと千帆が息を吹き出す。

すぐに彼女は添えていた僕の手を優しく握り返してきた。

ゆっくりと指先を丁寧にほどき、一本ずつ指を絡《から》め、彼女は僕の手を握りしめて、それからまたうんと強く僕の身体を抱きしめた。

まるで、自分の中にまだ残っている悲しみを、僕を使って絞り出すみたいに。

「……あーちゃん、こっちを向いて。仲直りしましょう」

「千帆」

ありがとう。

妻に感謝しながら僕はその腕の中でくるりと身を翻《ひるがえ》す。

するとそこには——。

「ユニフォーム！　女子バレー部のユニフォーム！　なんで！」

赤地に白のラインが入ったシャツに黒のハーフパンツ。

胸に刻まれたナンバーが起伏に合わせてダイナミックに湾曲している。

しかしなによりの魅力は露《あら》わになった太ももとふくらはぎ。

妻の高校生離れした肉体を最大限に引き出すその衣装こそは、彼女が高校時代に所属していた女子バレー部のユニフォーム。

ムチムチＪＫエロ妻バレー部の姿が振り返った先に待ち構えていた。

さらに彼女は悩ましい泣き顔で僕のことを見つめてくる。

「あーちゃん、好きでしょ。高校時代のバレー部のユニフォーム」

はい、大好物です！

薄暗い体育倉庫というシチュエーションも最高です！

今すぐこのまま、違う意味で仲直りしたくなっちゃう。

ヤバい。

「ダメだよ千帆。そんなの」

「……制服の方がよかったの？」

「そういうことじゃなくて。制服もバレー部のユニフォームも最高に千帆をかわいくしてくれるけれど。そうじゃないんだよ」

「仲直りしたくないの？　昼休みが終わるまで、いっぱい仲良ししようよ？」

「それは子供がやっちゃいけない仲良しだから！」

ダメよ千帆さん。

夫婦が喧嘩《けんか》した夜にやるような大人な仲直りはまずい。

その効果が抜群なことは僕もよく知っているけれども。高校時代にタイムリープしているのをお忘れなく。

そして、ここは学校ですからね。

誰かに見られちゃったらどうするんですか。

「やっぱり、怒っちゃったのねあーちゃん」

「違うよ千帆。そうじゃないんだ。君がそう言ってくれるのは嬉《うれ》しいんだ。けどね」

「けど、なんなの？」

「親しき仲にも礼儀ありといいますか、年齢制限ありといいますか」

「まさかとは思うけど、あーちゃんって大人の女性しか愛せない病気なの？」

「それが病気ならとんだディストピアじゃないか」

「私がJKだからダメなんだね。若すぎるから、仲良くする気になれないんだ」

「なったらダメでしょ！　事案だよ！」

なりそうだけれど。

そこをなんとか我慢してるの。「肉体はJKだけど中身は三十歳だから問題ないよね」とか「将来的には夫婦だからヨシ！」とか、言いたいのを必死に堪《こら》えているの。

その男心を汲《く》み取ってちょうだい。

潤んだ瞳で僕のことを見てくる妻。彼女の腕の中に抱かれていることもあり、切なさが痛いほどに伝わってくる。

むせかえるような暑い体育倉庫の空気と、千帆の身体《からだ》から漂ってくる女の子の香りでもう酩酊《めいてい》状態な所に、それはキャパオーバーだよ。

無理。

仲良ししても問題ないかなこれ。

しくしく。

◆◆◆◆

「ごめんねあーちゃん。私、やっぱり混乱していたみたい」

「いいよ千帆。許すよ。僕のことを君も許してくれたじゃないか」

「ありがと、あーちゃん。大好きだよ」

「僕もだよ千帆」

だから不用意にくっつくのはやめときましょうね。

大好きが止まらなくなって、またハレンチハプニングが起こったら嫌でしょう。

僕は鋼の意思で美少女ゲーのイベントシーンを回避した。

あと少し踏み込みが深かったら即死だった。ギリギリの所で僕は命を繋《つな》いだ。

勝因は妻のキス待ち。

あそこで強引に唇を奪われていたら、今頃きっと僕らはまだ体操マットの上だろう。そのままの流れで午後の授業もサボっていたに違いない。

勝負に勝って、人生に負ける。

ぶっちゃけ負けていいなら負けたかったよ。

暗い体育倉庫の中、今度こそ変な間違いが起きないよう、そして暴走しないように、僕と千帆はちょっと距離を取っていた。

千帆はさきほど寝転がっていた体操マットに座り込む。

僕はそこから数歩離れた跳び箱に背中を預ける。

楽な姿勢をとりつつ、相手の姿を視界に入れないよう配慮することで、僕たちはようやく心身の平穏を取り戻していた。

うん。

どう考えても待ち合わせ場所が悪い。

なんでこんなエッチな所を待ち合わせ場所に選んだのさ。普通にしていても変な気分になっちゃう。もっと健全な場所あったじゃない。

けど、それを言っちゃうと、せっかく落ち着いた千帆がまた拗《す》ねるからな。

千帆もよかれと思ってここを指定したのだ。

その心を僕は汲んであげたかった。

夫婦生活に大切なのは適切に察することじゃない。お互いに譲り合って、支え合って、対話して、共に歩もうとする思いやりだ。

それを僕はこの一連のやりとりで痛感したよ。

「しかし面倒だな。まさか絶交中だなんて」

「別に公言しているわけじゃないから、普通に話すくらいは問題ないだろうけど」

「どうしても夫婦の親密さが出ちゃうよね。それに、高校で男女が急に仲良くしだしたら絶対に目立っちゃうし」

「……噂《うわさ》されるの、やっぱり嫌？」

「なんで千帆ってばそんなに臆病になってるのさ？　嫌なわけないでしょ。むしろ光栄だよ。君みたいなかわいい娘《こ》と噂されるなんて」

「……えへへ」

はい、また唐突にかわいい。

声だけで心臓がバリーンってなっちゃうよ。

きっと髪の毛くるくるって指でまいて、恥ずかしそうに顔を膝に埋《うず》めてるんだ。

知ってるよ。いっぱいそんなの未来で見たから。

千帆の方を向いていたら致命傷だったね。

「まぁ、僕たちが仲直りすることで未来が変わる人はいないでしょ」

「何度もそう言ってるじゃない。もう、やっと信じてくれた」

「タイムリープなんだから葛藤する方が普通だよ。というわけで、より夫婦として仲良くなると信じて、過去での関係はぼちぼち改善していこう」

「具体的には？」

「うーん、もうすぐ夏休みだからそれをきっかけにしよう。休みの間に仲良くなって、それでつきあうことになったとか。なんかそれっぽくない？」

「なるほど。文ちゃんや杉田と同じ作戦だね」

確かに。言われてみれば杉田と天道寺さんと同じだ。

夏休み明けに友人同士がカップルになるのか。

嫌じゃないけどなんか恥ずかしいな。

けど、グループ交際から発展したというのは説明しやすいかも。

ふと見ると、千帆がちょっと物憂《ものう》げな顔をしている。心配というよりは、なんだか残念そうな表情。何か不満があるのだろうか。

「そっか、夏休みまでか」

「待てない感じ？」

「うぅん、そうじゃなくてね。秘密の恋人って、それもなんか素敵だなって」

「ほんと心の底からタイムリープを楽しんでるよね千帆って」

顔を真っ赤にして「仕方ないじゃない」と叫ぶ千帆。

あんまり見ていると身体に毒なので、僕は幸福な気持ちのまま妻から顔を逸《そ》らした。

イチャイチャはこれくらいにして、そろそろタイムリープについて考えよう。

「このタイムリープには目的がある。それは分かったけれど、いったいなんなんだろう」

「心当たりなんてやっぱり何もないよね？」

ない。

いっそすがすがしいくらいに心当たりがない。

ループしたら普通は何かに気づきそうなものだが、変えなくちゃいけない過去というのにピンと来るモノがない。

多くの人の記憶に残るような大事件も、逆に僕たちにしか関係なさそうな私的なイベントも思いつかない。２００７年7月13日という日付にも特別な思い出はない。

なんでなんだろう。

「漫画ならループしてすぐに気がつくよね。僕の運命を変えたあの日だみたいな感じで」

「……まぁ、高校時代に絶交してたのを忘れるくらいだものね」

「ごめんなさい。うぅん、僕が忘れているだけなのかな」

「ループが発生する直前に、何かヒントがありそうな気もするけど」

「やり直したいこととか、あった？」

「……ないかな。たぶん」

神妙な顔で僕の問いに千帆は答えた。

まぁ、そもそも学校サボってデートするという、大胆なやり直しの最中だったからね。

本来の過去と大きくかけ離れているのだからそれは気づかないか。

あぁ、なるほど。

「前のループが過去とあまりに離れていて分からなかったのかも」

「学校に来ていれば、何かイベントが起きていたってこと？」

「そういうことかもね。あまり過去と違う行動は、今後は控えた方がいいかも」

目的が分からないとタイムリープの攻略のしようがないからね。

当面は気にしすぎなくらい丁寧に過去をなぞろう。

「そうすると、相沢との関係がしんどくなるなぁ」

「郁奈ちゃん？」

「うん。この頃の僕は相沢と一緒に登校していたらしくてさ。今朝もタイムリープしたら隣に相沢がいてびっくりしたよ。なんか距離も妙に近くて」

「……もしかして浮気《うわき》？」

「違うよそうじゃないって。何もやましいことはしていません」

「恋人繋ぎしたり、腕を組んで歩いたりとか、やってないのかな？」

「まるでみてきたようにいう」

まさか見ていらっしゃいましたか。

それはないよね。

いたら千帆は割り込んでくるよ、絶対に。

「心配しなくても僕が愛しているのは千帆だから」

「そう言って、女友達ポジションで郁奈ちゃんをキープするんでしょ？」

「しません！　僕と相沢は、ただの異性の友達だってば」

「ほんとかな？　彼氏面とかしてないかな？　告白待ちみたいな関係じゃないかな？」

「心配しすぎだよ！」

相沢は僕をからかってるだけだから。

恋愛感情がないんだから深刻に考えなくてもいいよ。

というかもしそうなら、千帆も何か相沢から聞いているでしょ。

未来で相沢と千帆は友達だ。

相沢は妻を千帆さんと呼んで懐《なつ》いている。千帆も彼女を郁奈ちゃんと下の名前で呼び、実の妹のようにかわいがっていた。

僕に黙って二人で出かけるなんてこともしょっちゅうだ。

見ているこっちがやきもちやいちゃう。

だから、もし相沢が僕のことを本当に好きなら、千帆との間にも何かあるような気がする。それこそ、僕を巡った喧嘩《けんか》とか言い争いとか。

「……相沢からさ、なんか千帆は聞いてない？」

「何を？」

「僕のこととか。好きならそういう話をするんじゃないかなって」

たずねてから後悔する。

これ、妻にたずねる話でもないし、語らせるような話でもないよね。

「やっぱりなし。忘れてくれ、千帆」

「……そう。なら、いいけれど」

ううん、相沢との関係はちゃんと清算した方がよさそうだな。

まぁ、「なに勘違いしてるんですか」って、からかわれるのがオチだろうけど。

なんて思ったその時、僕のズボンのポケットで携帯電話がゆれた。

短く震えるそれはメール着信。

すぐにポケットから携帯電話を引っ張り出すと、僕は液晶画面を覗《のぞ》き込んだ。

「……千帆」

「なに？　あーちゃん？」

その差出人は実にタイムリーな人物だった。

「相沢から、デートに誘われちゃったんだけれども、行ってもいいかな？」

◆◆◆◆

「センパーイ！　おまたせしました！」

「うん。相沢おつかれ」

「今日はデートにつきあってくれてありがとうございます」

「ただの買い物でしょ？」

「そこは嘘《うそ》でもデートって認めてくださいよ。ほんと空気が読めないんだから」

「読んだら君ってば僕を喜んで弄《いじ》ってくるだろう」

「やだ勘違いさせちゃいました？　そんなに張り切っちゃってかわいいんだから。って、からかおうかなと思ってました」

「やっぱ帰ろうかな」

「うそうそ冗談です」

僕の腕に飛びつく相沢。

コミカルな女を演じつつも、ちゃっかりと腕に胸を押し当てるあたりが計算高い。

これで落ちないとか、男としても先輩としてもどうかと思うよ。

「ところで何を買いに行くの？」

「ほら、もうすぐ夏休みじゃないですか。いろいろと揃《そろ》えたくて」

「揃えなくちゃいけないものってあるっけ？」

「ありますよ。夏着とか、サンダルとか、帽子とか——あと、水着とか」

水着という単語に思わず僕は生唾を飲んだ。

そんなものを仲が良いからって彼氏でもない男と買いに行くなよ。

流石《さすが》に冗談だろうと、僕の腕に摑《つか》まる相沢を見れば、すごくうきうきとした顔をしている。こっちの顔色をうかがう素振りもない。

やばい相沢ってば本気だ。

からかいとか関係なく行く気満々。

無自覚でラブコメでよくある水着を選ぶデートをしようとしている。

「……朝も思ったけれど、なんなのこの相沢のグイグイくる感じ。怖いんだけど」

「センパイ？　どうかしました？」

「いや、ちょっと気が動転していて。いきなりだったから」

「なるほど。センパイを大人しくさせるには、用件を伏せて誘えばいいんですね」

「今度から誘う時にはちゃんと用件を言ってよ」

「分かりました。ビキニが良いかワンピースが良いかって、件名に書きますね？」

「そんなメール届いたら心臓止まっちゃうよ」

ちょっとエッチで思わせぶりな後輩にドキドキだなんて青年漫画みたいだな。

どうして僕、ここまで相沢に迫られていたのにくっつかなかったんだろう。

「センパイ、早く行きましょうよ」

「腕、組んで行かなくちゃダメかな?」

「ダメです」

えへへと笑う相沢。これはからかっている表情だ。

いたずら心のスイッチが入った相沢は手強《てごわ》い。どう言っても離してくれないだろう。

観念すると僕は彼女を連れて校舎の玄関から出た。

2007年7月13日金曜日16時14分。

相沢から「今日の放課後お時間ありますか?」と誘われた僕は、妻に相談した上でそれに応じることにした。

妻に相沢との関係を怪しまれたばかりだが、タイムリープの目的を調べる方が大切だ。

できるだけ当時の僕がとりそうな行動をするべきだった。

デートは冗談として、相沢に遊びに誘われたら高校時代の僕は行くだろう。

それに、相沢との未来での関係も変えたくない。

未来に帰って赤の他人になっていたら寂しいからね。

「久しぶりの下校デートですねセンパイ」

「だからデートじゃないって」

「男と女が二人っきりで歩いていたらそれはデートですよ。知らないんですか？」

「ガバガバなデート判定だなぁ」

「お財布と荷物持ちと彼氏役、今日はよろしくお願いしますね」

「だからデートじゃないって」

やめよう。暖簾《のれん》に腕押しでツラくなってきた。

どう言えば納得してくれるのだろう。

ちゃんとメールで『デートじゃないよね？』って書けばよかったのかな。

結婚しているはずなんだけれど僕には女心がまだまだ分からなかった。

そして、高校時代の相沢への感情も分からなかった。

メールを確認してはじめて気がついたのだが、僕の携帯のメールボックスは相沢からのメッセージで埋め尽くされていた。

内容はとりとめのないことばかり。

恋人や意中の男女のやりとりにしては、少し淡泊でぎこちない、さぐりさぐりという感じのやりとり。

まるで告白待ちのようなむず痒《がゆ》いやりとりに、思わず変な声が出たくらいだ。

高校時代の僕はどういう気持ちで相沢と接していたんだろう。

「センパイ。さっきからずっと上の空ですけど、どうかしました？」

「ごめんね相沢。いろいろあってさ」

「……もうっ！」

　ぐいと腕を引っ張られる。リードを犬に引かれた飼い主のように道の真ん中で棒立ちになると、僕はようやく相沢の方を向いた。

　彼女は顔を真っ赤にして、恨めしそうに僕をにらんでいる。

「せっかく手を繋《つな》いでいるんですから、もっとそれらしく振る舞ってくださいよ」

「え？」

「だから……ちゃんとあたしを見てくださいって言ってるんです！」

「ご、ごめんなさい」

　恨めしさと気恥ずかしさが混ざった様子で相沢が俯《うつむ》く。

　彼女の視線の先にはいつの間にか恋人繋ぎに変わった僕たちの手があった。

　握りしめる彼女の力が少し強くなる。そんな彼女の些細《ささい》な機微に、僕はなんだか申し訳ないことをしている気分になった。

「デートなんだから、隣の女の子を大事に扱ってください。こんなの基本ですよ」

「……うん」

「分かってくれればいいんです。さぁ、ちゃんとデートをしましょう」

「……ごめんね、相沢」

謝ったのは他でもない。

彼女を僕が裏切ってしまったからだ。

未来で千帆と結婚するからではない。

彼女との関係を清算しなかったからでもない。

もっと現実的で差し迫った事情だ。

「へぇ、なるほど。そうやって私のあーちゃんを誘惑したのね」

「……え？」

帰宅部の部室こと茨木ショッピングセンター。そこへと続く生活道路。

そこで、僕はとある人物と落ち合う段取りをしていた。

路地裏から出てきたのは同じ学校の制服を着た女生徒。

この炎天下で待ち伏せしていたためだろう、純白のブラウスは汗で濡《ぬ》れ、魅惑的な身体《からだ》のラインを浮き上がらせている。

ふわりとゆれたプリーツスカート。その端からちらりと覗いた肌色とメロンイエローの下着が実に鮮やかだった。

艶《つや》やかで豊かな髪をまとめるレース柄のヘアバンドが眩《まぶ》しい。

西日を浴びて妖しく笑う少女を僕は知っている。

「おいたはここまでよ泥棒猫ちゃん。勝ち確ヒロインの私が来たからには、この過去で好き勝手なんてさせないんだから」

「……あ、あなたは！」

その名は西嶋千帆。

僕の未来のお嫁さんにして勝ち確ヒロイン。

彼女はたとえからかいでも、僕と相沢の甘酸《あまず》っぱい青春を許さない。

許さないが――。

「いや、千帆さん、僕から説明するって言ったよね。なにしてんの」

もうちょっと、大人として分別のある行動ができると思っていましたよ。なにその正妻ヒロインなのに人気が出なさそうなジェラシームーブ。

あと、勝ち確ヒロインとかそんな簡単にバラさないで。

ほら、知らない先輩に絡《から》まれて、相沢の顔が恐怖にひきつっている。

僕はあわてて二人の間に入った。

「えっと、相沢。実はさ今日のデートなんだけれど」

「我が名は西嶋千帆！　そなたが恋人繋ぎをしている男の幼馴染《おさななじみ》にして初恋の相手！　そして未来で結婚する女！」

「なんで男前な名乗りをあげてんの！　千帆さん⁉」

「相沢さんだったかしら。甘酸っぱい青春に浮かれているようだけれど、この後、貴方《あなた》はその男にさんざん振り回された挙げ句、明確な言葉もなしに振られるのよ」

「最悪の未来バレだ！」

事実だけれども。

からかわれていると思っていたし、そういう冗談を言う友達だとも思っていたから、何も言っていなかったけれども。

いや、どこかでハッキリとした態度を取ったはずだ。そう信じたい。

「けれど大丈夫。未来から勝ち確ヒロインの私が来たからにはもう安心よ」

「なにがどうあんしんなのか」

「貴方からあーちゃんを奪った責任はちゃんと取るわ。この二度目の高校生活で、私は絶対に貴方を不幸になんかさせない」

「言ってることが無茶苦茶だ！」

「勝ち確ヒロインとして、私は、貴方を最初から全力で負けヒロインにする！」

フォローしているのか死体蹴りしているのか分かんないよ。

そう、千帆が僕と相沢のデートを許すわけがない。

タイムリープのヒントを得るためでもそこは譲らない。妻が僕に突きつけた相沢とデートする条件は実にシンプルだった。

相沢とのデートに同席させること。

そんなこととしたら未来の関係が変わると僕は言ったが「ちょっと友達になるのが早くなるだけだから大丈夫」と、強引に押し切られた。

まぁ、未来での相沢との関係を考えたら千帆も無茶はしないだろう。

なんて信じていたのに——完全に修羅場じゃないかこれ。

未来でも、僕が女性と会話したくらいで拗《す》ねちゃう奥さまは、前のループから引きずった不安でいよいよ拗《こじ》らせているようだった。

熱風が茨木市街に吹き付ける。

学生鞄《かばん》を肩に担《かつ》いでキメ顔をする妻を眺めながら、僕は「いったい何を見せられているんだろう」と白目を剝《む》いた。

横を見れば相沢も僕と同じような顔だ。

そりゃそうなるよ。

「さぁ、かかってきなさい！　幼馴染正妻ヒロインの実力を見せてあげる！」

「うーん。タイムターイム。僕に説明させてくれ」

もしくはループよ起きてくれ。

リセットさせてちょうだい。

ヒロイン二人揃《そろ》えば修羅場になるのはしょうがないけれど、これはあんまりだわ。

地獄か。

◆◆◆◆

茨木ショッピングセンター。

二階、衣料品売り場。夏物特別セール会場。

ずらり並んだポロシャツ、アロハシャツ、ハーフパンツ。

お嬢さんたちはフリルのついたワンピースにタンクトップでお出迎え。

夏らしいカラッとした景気の良さが溢《あふ》れる場所に僕たちはいた。

会場中央。

水着コーナーの正面に仮設された試着室の前。

そのカーテンが今まさに乱暴に横に引かれる。

露《あら》わになる肌。

響き渡る桃色の悲鳴。

そして、突き刺さる好奇の視線。

「きゃあ、あーちゃんってば大胆！　そんなエッチな水着なんてダメよ！」

「西嶋先輩が着せたんじゃないですか。けど、これはいいものですね。えへへ」

「それじゃ、次はこの脚のラインが綺麗《きれい》に出る競泳用水着にしてみようか」

「二回連続はダメですよ。次はあたしの番ですって」

「えー、まぁ、いいけれど。何を着せるつもりなの相沢ちゃん？」

「……センパイって童顔だから、女性用水着もいけませんかね？」

「嘘《うそ》でしょ、貴方もしかして──天才？」

やだ、もう許して。お願い。

着ないからね。女性用水着なんて着ないからね。そんな期待した目で見ないで。

突きつけられる欲望と水着に怯《おび》えながら、更衣室で着替えるのは千帆たちじゃない。

僕だ。

なにこれ。どうなってんのさ。なんで僕が試着室で水着に着替えているのさ。

普通に考えて、こういうのって女の子がやる奴《やつ》でしょう。

「ほら、あーちゃん、これが大人の魅力よ。あえてビキニじゃなくパレオを選ぶ奥ゆかしさが分かるかしら」

とかさ。

「あんまり見ないでくださいセンパイ。あたしがどんな水着を着たって……。ええっ、こんな普通の水着でそんなことなっちゃうんですか！」

みたいなさ。

台詞《せりふ》だけでも華やかなシーンを期待してたらこれですよ。

ドン！　男の水着！

ギャグ漫画かな？

「なんで？　なんでなの？　相沢の水着を選ぶ流れじゃなかったの？」

「誰も自分の水着を選ぶとは言っていませんけど？」

「なにそのへりくつ」

詳しい流れは覚えていない。千帆と相沢が言い争う内に、どっちが僕の魅力を分かっているか勝負という話になり、あれよあれよとこの地獄絵図。

なんで僕を取り合っていたのに、気がついたら弄《いじ》っているのさ。

理論的に説明できないそんな疑問。しかし、その答えは既に僕の中にあった。

「……油断していた。二人が僕をからかう天才だってことすっかり忘れてた」

未来でも過去でも、二人が一緒だとこんな感じで僕がひどい目にあうのだ。

からかい上手は一作品に一人まで。

二人もいたらそりゃこうなるよ。

「二人で悪巧みしている時、すごい活《い》き活きしているものね。知ってた。きっと性根が同じなんだろうな。だから仲良しなんだ千帆と相沢って」

二人は『混ぜるな危険の会わせちゃいけないヤバイ女友達』だったんだ。

けど、あの出会いからまさか秒で意気投合するなんて思わないでしょ。

「ほら、あーちゃん、次はこれだよ」

ピッチリした競泳用水着を手に持つ千帆。

「センパイ、これ着てください。きっと似合います」

宣言通り、フリフリのついた女性用水着を手にした相沢。

「もう水着ショーおしまい！　ほんとエッチなんだから！　ぷんぷん！」

迫る二人を無理矢理外に押し出すと僕はカーテンを閉める。

残念そうなため息がカーテンの向こうで二重に響いた。

「ふふっ、やるわね相沢ちゃん。たいしたあーちゃんへの理解力よ」

「そんなことありません。センパイ――素材がいいだけですよ」

「そう、そうなの。よく分かっているじゃない」

「センパイって、身だしなみを整えたら普通に少女漫画の男の子みたいですものね」

「流石《さすが》は相沢ちゃん。あーちゃんへの想《おも》いをここまで共有できるのは、過去も未来も貴方だけだわ」

「あたしも、センパイについて語り合えて嬉《うれ》しいです、西嶋先輩！」

なにこのてんかい。あついしゅじんこうそうだつせんはどこへいったの。

ついにダブルヒロインが牙をむき出しにして激突する。

いったいどちらが鈴原篤の心をゲットするのか。

恋にルールも情けも無用。

今宵《こよい》、茨木市に恋の血しぶきが上がる。

みたいなノリはいつの間に消えてしまったんだろう。

「気に入ったわ相沢ちゃん。いえ、今日から親愛を込めて、郁奈ちゃんと呼ぶわ」

「光栄です西嶋先輩。いえ――千帆さん」

かくして千帆が僕に言った通りになった。

おそるおそる僕がカーテンを引けば、手を握りあって和解をしたヒロインとサブヒロインがお出迎え。二人は激闘を終えた少年漫画の主人公とライバルのように、二人にしか分からない絆《きずな》を噛《か》みしめていた。

未来の千帆と過去の相沢はここに友情を取り戻した。

ドラマティックなやりとりも何もなく、ウマが合うというただそれだけで、二人は超高速で熱い友情を育んでしまったのだった。

僕の心配を返してくれ。

「次はどうします？　このままセンパイを夏物一式コーディネートしちゃいます？」

「それもいいけど、そろそろ私たちの服も選ばない？」

「それじゃ、センパイ抜きで行きましょうか？」

「賛成！　おそろいの服とか買っちゃお！」

なんでそっちがカップルみたいになっとるんじゃい。

「けど、ちょっとのどが渇かない？」

「そうですね。そうだ、良かったら何か買って来ますけど」

「そこはお姉さんにまかせなさい。奢《おご》ってあげるわ」

「やった。じゃあ、午後ティーで」

千帆が夏物特別セール会場を離脱する。

すぐそこのエスカレーターに乗って彼女は下の階へとフェードアウトした。

「えへへ、奢ってもらっちゃった。やっぱ優しいな、千帆さん」

「うん、まぁ。なんていうか、千帆ってばけっこう面倒見がいいから」

夏物特別セール会場に吹き付けるエアコンの風は少し冷たい。

そんな冷風を避けるため、僕らは更衣室の横に移動した。

ベニヤ板の壁に背中を預ければ、どちらからともなくほっと息を吐く。

あれだけ仲良さそうでもやはり緊張はしていたらしい。僕と二人きりになるなり緩んだ笑顔を相沢は見せた。

「もう。あんな素敵な幼馴染《おさななじみ》さんをなんで黙ってたんですか。教えてくださいよ」

「二人がここまで意気投合するとは僕も思わなくて」

「もしかして、未来ではあたしたちって険悪な仲なんですか？」

「ばっちり仲良し。今みたいな感じだよ」

僕の杞憂《きゆう》でございました。

けど、今は違う意味で会わせるべきじゃなかったと後悔しているよ。

「しかし、本気で信じてくれたんだ、僕たちが未来から来たって話？」

「年上の人が言うことには黙って従わないと」

「あ、話を合わせてくれていたんだ」

「まぁそれは。けど、千帆さんがあれだけ必死なんだから、ちょっとくらいはそうなのかなって思ってますよ」

「……君ってさ、けっこう先輩を立てるよね」

「そうですよ。感謝してくださいよねセンパイも」

千帆と相沢が、出会うタイミングときっかけが違ったばかりに、仲違《なかたが》いしてしまったらどうしようか。

千帆は大丈夫と言ったけれど、僕は正直なところ怖かったんだ。

二人には仲良く笑っていて欲しい。悲しい過去改変なんてしたくなかった。

だから、なにごともなくて本当によかった。

そんな気疲れから解放された僕を、上目遣いで相沢が覗《のぞ》き込んでくる。

「なんだかお疲れですね」

「あぁ、うん。まぁね。嵐みたいな女の子だからさ、千帆ってば」

とっさに千帆をため息の隠れ蓑《みの》にしてしまった。

すると、相沢がくすぐったそうな笑みをこぼす。

この短いやりとりで、千帆のことを彼女もよく理解したらしい。ツボったようだ。

「すごいですものね。千帆さんとの結婚生活もきっと苦労してますね」

「おさっしいただけますか」

「もし夫婦生活に疲れたら言ってくださいね。あたしが千帆さんに代わって、センパイを癒やしてあげますから」

「あ、これ、みらいでもきいたことあるながれ」

「そして、バッチリ証拠写真を撮って千帆さんにリークしますね。二人でセンパイが稼いできた慰謝料で幸せに暮らします」

「なにそのひるどらみたいなおはなし」

口元を隠して相沢がクスクスと笑う。

からかいじゃないと、こんな軽口は流石に出てこないよな。

よく考えたら思わせぶりな態度でキープしてたのは僕だけじゃなく相沢もだ。彼女だって後輩ムーブを仕掛けるだけ仕掛けてはっきりしてくれなかった。

これはつまりそういうコミュニケーションってことなんだ。

からかいでありふざけあい。

結局、僕たちはただの異性の友達だったのかも。

そう思うとなんだか急に肩の力が抜けた。

その時、相沢のパステルカラーの鞄《かばん》からかわいらしい音が鳴った。

当時流行《はや》っていたロボアニメの着信メロディーだ。

ちょっとすみませんと相沢が僕から離れる。そのまま彼女は何やら話し込む感じで通路を奥の方へと歩いて行った。人に聞かれると困る話かな。

相沢を見送った僕は両腕を上げてうんと伸びをした。

「うーん、相沢と千帆のこともだけれど、このデートにも拍子抜けだなぁ。過去の生活を丁寧になぞってみたけれど、あんまり得られる情報はなかったや」

結局、タイムリープの目的については何も分からなかった。

妻と相沢を引き合わせただけだ。

あるいはそれが良くなかったのかもしれない。相沢と千帆が接触した瞬間、未来が大きく切り替わってしまったのかも。まぁ、判別する手段もないんだけれど。

「なんだか、踏んだり蹴ったりだよなぁ」

２００７年７月13日金曜日17時36分。

既にループで時間が巻き戻った時刻を過ぎている。

決まった時刻にループするのかもと疑っていたけれど、どうやら違うようだ。

「時間がトリガーじゃないってのは分かったけれど、また新しい謎ができたな」

本当に疑問ばかり増えて頭が痛くなる。

仕事で複雑なデバッグ作業はしているけれど、これはちょっと分かんないな。

それこそデバッグツールみたいに、何度も何度も過去を繰り返していろいろチェックできるなら別だけれど。そうはいかないものな。

「なんにせよ、また振り出しか……」

千帆と相沢から押しつけられた水着をハンガーラックに戻しながら僕は唸《うな》る。

心の迷いが手元に出たのかハンガーをかけそこねた。ぽろりと床に落ちたそれを追いかけて屈《かが》めば、急に飛び出したごつごつとした手が水着を拾い上げる。

「へぇ。お前って、こんな水着とか着るんだ。ちょっと意外だな」

「……あれ？」

僕が着用した水着を眺めて渋い顔をする手の持ち主。

スポーツ刈り。ワイシャツの上からでも分かる厚い胸板に割れた腹筋。

海よりもマウンドが似合う夏男。

僕とは違って女性用の水着なんて着たらギャグにしかならない男前は、僕の代わりに落ちた水着をハンガーにかけると気さくに手を挙げた。

夏物特別セールコーナーに突如として姿を現したのは杉田だった。

「あれ？　どうしてこんな所に？」

「奇遇だな。俺も水着買いに来たんだよ」

「……なんで？」

「なんでって夏休みじゃん。プール行くだろ、女の子とさぁ」

「またまたすぎちゃんったらごじょうだんを」

◆◆◆◆

意外な人物と意外な所で顔を合わせる。

熱血高校球児。放課後の予定はほぼ野球の彼が、なぜこんな浮ついた場所にいるのか。

「なんだよ、俺が女の子とプールに行くのが信じられないのか？」

杉田良平《りょうへい》はなんだか心外そうに眉根を寄せて僕をにらんだ。

「いやまぁ、そりゃもちろん。君ってば女っ気とは無縁の男じゃないか」

野球では一軍でも、恋愛では二軍の男。それが杉田という奴《やつ》だった。

まぁ、ゴリラみたいな見た目してたら、普通に女子からは敬遠されるよね。

お年頃の女の子って、そういうの五月蝿《うるさ》いから。

とまぁ、話を聞く前から嘘《うそ》つき扱い。僕は杉田を「なに言ってんだこいつ」という感じに見据える。

すると、杉田の顔が急に笑顔に変わった。

「まぁ、お前と違って俺には女の子の幼馴染がいるからな。その娘《こ》と一緒に今度プールに行くことになったんだ」

「うえ、マジで？　初耳なんだけれど？」

「言ってないからな。リアル幼馴染だぜ。うらやましいだろう」

「いや、僕の方もリアル幼馴染だって」

なに張り合ってんのこいつ。

そんなに僕の反応が気に入らなかったのかな。

あと、君ってば天道寺さんが好きじゃなかったの？

やめろよ浮気《うわき》なんてさ。

「……あぁけど、まだ二人はつきあってないんだよな」

「なんだよ。俺が話してるんだからちゃんと人の顔を見ろよ」

「……いや、ごめん。なんかちょっと意外だったからさ」

未来で天道寺さんと結婚する杉田。

しかも時期的に彼女ともうすぐ交際をはじめるはずだ。

そんな彼でも、この頃は違う人が好きだったのだろうか。

なんだか心がもやもやするな。

感情が顔に出たのだろう、面喰《く》らったように杉田が笑顔を崩す。

ハンガーラックにかけられた水着を、杉田はごつごつとした指先でゆらした。

「ごめん、ちょっと見栄《みえ》を張った。幼馴染の女の子ってのは本当だけど、別に好きとか恋人とかそういうんじゃないんだ」

水色と黒のサーフパンツを手に取りながら、杉田は落ち着いた声で僕に言う。

「デートってのも嘘なんだ。なんてーかな、お手伝いって奴」

「……お手伝い?」

「おう。その幼馴染って兄弟が多くってさ、お袋さんの代わりに面倒を見てるんだよ。夏休みはさ、弟たちがどっか連れてけって五月蠅いんだ」

「そうなんだ」

「俺の姉ちゃんとすげー仲良くってさ。毎年プール行くのを俺も手伝ってんだ。荷物持ちだよ荷物持ち。恋人とかじゃないんだ」

期待した言葉を聞いたのに、胸のもやもやは消えなかった。

たぶん、杉田の語ってくれた幼馴染《おさななじみ》との関係が、僕に馴染《なじ》みがなかったからだ。

僕と千帆とはあまりにかけ離れている。

どうして二人はそんな関係になってしまったのか。

「……杉田は、なんとも思ってなくても、向こうは違うんじゃないの？」

「それはないかな」

「なんでさ」

「幼馴染の勘だよ。なんとなく分かるだろ、そういうの」

その感覚は僕にも理解できた。

だからこそショックだった。

やっぱり僕と千帆の関係って特殊なんだろうか。

それとも――。

考え込む僕の顔を杉田が心配そうに覗き込んだ。目が合うなり彼は僕の肩を叩《たた》くと、何か仕切り直すように陽気な笑い声をあげた。

「なに暗い顔してんだよ！　感情移入しすぎだって！」

「いや、ごめん。他人事《ひとごと》に思えなくて」

「なんだよ、お前って幼馴染に幻想を抱くタイプ？　幼馴染と結婚したいとか？」

「……まぁ」

「やめとけやめとけ、そんな良いもんじゃないぞ。悪いもんでもないけど」

「……だから、知ってるって」

「まぁ、夢を見るのはお前の自由だな。ごめんな、変なこと言っちゃってさ」

杉田は僕に手を差し出してきた。

流されるまま握り返すと、彼は渾身《こんしん》の力を込めて僕の手を握りしめる。野球部のハードワークで鍛えたその握力に思わずつんざくような悲鳴をあげてしまった。

まったくなにするんだよ。

赤くなった手に息を吹きかける僕の前で、杉田は腹を抱えて大いに笑った。

「まぁ、なんか知らねえけど大切なのは今の自分の気持ちさ。過去とか未来とか、そんなのどうでもいい。今の自分がどう思っているかだよ」

杉田は再びハンガーラックに視線を戻すと持っていたサーフパンツをかけ直した。

今の自分の気持ち、か。

けど、それってどうなんだろう。

未来から戻ってきた僕の気持ちと、この時代を生きていた高校生の僕の気持ち。

いったいどっちが本当の僕の気持ちなんだろうか……。

「おっ、ブーメランパンツいいな。これで女の子たちの視線は俺のモノだな」

「杉田、それ、さっき僕が着た奴だから」

「……触る前に言ってよ！　頼むぜ鈴原ちゃん！」

ばっちいとすぐにブーメランパンツをラックに戻す杉田。きっと僕を笑わせようとわざとおどけてくれたのだろう。

けれども僕は笑える気分ではなかった。

「杉田、なに油を売ってるのよ」

そんな所に、見覚えのない女の子が割って入ってくる。

三つ編みのお下げに黒いフレームのメガネ。

透き通るような白い肌に華奢《きゃしゃ》な身体《からだ》つき。着ているのは僕たちが通う高校の制服。

なんだか野暮ったい顔立ちに反して色気のあるスタイルの女の子。

誰だろうか。

「おー、悪い悪い。ごめんな、鈴原を見つけてかまってたんだ」

「……鈴原くん？」

もしかして話に出てきた幼馴染さんだろうか。

杉田が水着を買いに来たのなら、彼女も一緒でもおかしくないな。

そんなことを考えていたからかついつい凝視しすぎた。三つ編みの少女はあわてて杉田の後ろに隠れると、恥ずかしそうにそこで縮こまる。

「やだぁ、なんで鈴原くんと会っちゃうの。油断してたわ」

「なぁ。バッチリおめかししたのにな」

「杉田が勝手にどっか行くからでしょ」

「なんだよ俺のせいかよ。ひでぇーな。アッシーくんしてやってんのに」

なんだろう、外見といい言動といいちぐはぐな娘だな。

「……えっと、随分親しそうだけれど、もしかして杉田の幼馴染さん？」

きょとんとした顔をする女の子。

彼女がぎゅっと杉田のシャツの袖を引けば、その持ち主の襟元が締まる。痛い苦しいと振り返った杉田を連れて、彼女は更衣室の陰に移動した。

あの杉田がいいように扱われている。

多くの同級生男子が畏敬の念を持って接している男になんたる態度だろう。この親しさは、長年のつきあいがないとできないよな。

やっぱり杉田の幼馴染さんかな。

「……なにあれ、もしかして私のこと気がついてないの？」

「そうだろ。まぁ、鈴原って鈍そうだからな」

「話には聞いていたけれど、ラブコメの主人公レベルの鈍感さだわ。ちょっと心配になるんだけれど」

なにを幼馴染に教えてるのさ。

確かに僕は鈍感で気が利《き》かないけれど、男ってこんなものでしょう。

少なくとも杉田にあれこれ言われるのは心外だよ。

というか、初対面の人間に何を気づけと。

更衣室の陰から出てくる杉田と幼馴染さん。急に笑みを浮かべたかと思えば、杉田の幼馴染さんは僕にぺこりと頭を下げた。

「ごめんなさいテンパっちゃって。私、良平くんの幼馴染のシノユリと言います」

「はじめまして、シノさん。けど、さっきの台詞《せりふ》はどういう意味？」

「な、なんの話でございますでしょうか、おほほ」

「気がついてないの？　って」

青い顔をして僕から顔を逸《そ》らすシノさん。何かを誤魔化している感じだ。

逆に杉田はウキウキとした顔をして口を開いた。

「鈴原、クラスメイトじゃないか。顔とか身体とかに見覚えないか？」

余計なこと言うんじゃないとばかりに杉田の胸板にシノさんの肘鉄が入る。

白目を剝《む》いて後ろに下がる杉田。悶絶《もんぜつ》しながらもちょっと気持ちよさそうだった。

まぁ、杉田がドM野郎なのはともかく。

なるほど、気づかないってのはそういうことね。

「クラスメイトなんだ、ごめん」

「謝らないで、大丈夫だから。ほら、私って印象が薄いから。だから、次会った時に印象が違っても気にしないでね」

「どういうこと？」

これだけ強烈なキャラなら覚えていそうなものだけど。まぁ、僕は未来から戻って来ているからな。十五年前だもの、接点がなければ忘れるのも無理ないか。

「なぁ、もう素直に言った方が早くないか？」

「いいから。噂《うわさ》されたらダメでしょ」

ほら行くわよと杉田の腕を引っ張ってシノさんが立ち去ろうとする。

黒いお下げをゆらして歩くシノさん。

その背中に飼い犬のようにぴったりとついてく杉田。

振り返って、なぜだかこちらを拝む杉田に、僕は苦笑いをしながら手を振った。

幼馴染の関係もいろいろだな。

あれで恋人じゃないんだから不思議だ。

ますます、なんだか自分の気持ちが分からなくなってくるよ。

「僕は本当に千帆のことが好きなのかな……」

杉田たちを見ているとそんなことを思ってしまう。

そこに加えて高校時代の相沢との関係が拍車をかける。

からかわれているにしても、それを当時の僕はどう受け止めていたんだ。

過去に戻って想《おも》いを告げられなかった相手と今度こそ結ばれる。それもまたタイムリープの王道ストーリーだ。心から愛する妻と一緒でもその可能性は考えてしまう。

もしこれがそういう目的のものだったら——。

「僕は高校時代、もしかすると相沢が好きだったのかな」

「へぇ、郁奈ちゃんとの浮気《うわき》を認めるのね？」

「そこまでじゃないけど。ただ、そんな未来もあったのかなって」

「その優柔不断さが私たちを苦しめたのを自覚してる？」

「……あれ？」

背中に硬い感触が走る。

腰のちょっと上に硬くごつごつしたものが当たっていた。

それと共に、低くて恨みがましい声が僕の耳を襲う。

「ひどいわあーちゃん、信じていたのに。浮気なんてしない、私を世界で誰より愛してくれる人だって」

「……違うんだ、タイムリープの情報整理をしていただけで」

「いいわけなんてやめてよ。あなたの本当の気持ちを、ちゃんと聞かせて」

「本当の気持ち」

「あーちゃんは誰が好きなの？　幼馴染の私？　高校時代に仲が良かった郁奈ちゃん？　ねぇ、いいかげんはっきりしてよ」

そんなの決まっている。

けれど、なぜか僕は返事ができなかった。

幼馴染だからだろう、僕の弱気や戸惑いはすぐ彼女に伝わる。

背後に立った僕の大切な人は、硬い何かを僕の背中に強く押しつけた。

「もういいっ！　あーちゃんのバカ！　浮気者！」

「ぐっ、ぐわわああああああっ！」

背中に走るバイブレーション。

激しく震えるのは角張った携帯電話。それを僕の腰にくっつけて振動機能を入れると、彼女は「このぉー!」とまったくしめっぽくない声を上げた。

はい、分かっていましたよ千帆さん。悪ふざけしているなって。

君がヤンデレムーブする時はもっと危険な感じだものね。むしろその前に怒っちゃうものね。知っています。夫婦ですから。

やめてよと振り返ればそこには笑顔の千帆。「驚いた?」とにこやかに笑い、彼女は携帯電話を学生鞄《かばん》の中にしまう。

もう片方の手にはペットボトルの入ったビニール袋を持っていた。

「ごめんね、遅くなっちゃった。そこで文ちゃんと会っちゃって」

「天道寺さんと?」

「夏休みに向けての買い出しだって。私たちとおんなじね」

さっきまでの深刻なノリはどこへやら。そして、昼間の落ち込みもすっかり元通り。いつもの元気を取り戻した千帆は、ビニール袋の中からペットボトルを取り出した。

ペプシコーラ。喉が渇いているでしょうと僕にそれを差し出す。

受け取ると彼女もキリンレモンを手に取った。

とはいえ、流石《さすが》に服が並んだここではちょっと飲めない。

「どこかに移動しようか。相沢とも合流してさ」

「……郁奈ちゃんなら、もう来ないと思うな」

「え？」

なにを言い出すんだろうか。急に妙なことを言った千帆の方を僕は見る。

すると彼女は俯《うつむ》いて、どこか辛《つら》そうに顔を歪《ゆが》めた。

「あーちゃん。私、別に怒ってないよ。あーちゃんが、私と郁奈ちゃんのことを迷っているの。別にそれは構わないの」

「……千帆」

「それって、誰かを想う時に当たり前に感じるものでしょ。そういう風に、誰かと比べてどうこうって苦しくなるのも恋の一部でしょ。だからそれは否定しない」

千帆が視線を上げる。

「けどね、誰かを想う痛みが分かるなら、どうかちゃんと相手を見てあげて」

「見てるさ、いつだって君のことを」

「違うの、そうじゃなくってね……」

千帆が何かに迷うように俯く。唇を何度も噛《か》みしめて、妻は葛藤していた。

察して何かを言おうにも、身に覚えがなさすぎて言葉が出てこない。固まる僕に、いよいよ泣き出しそうな顔を向けて、妻はようやくその唇をゆらした。

「あーちゃんは、郁奈ちゃんがなんでこんなことすると思ってるの？」

「それは。相沢は僕をからかって遊んでるんだろうって」

「好きじゃなかったら、からかったりなんかしないよ」

迷いとは裏腹に妻の口から出た言葉は、鋭く僕の心を穿《うが》った。

そうか、千帆には分かるのだ相沢の気持ちが。

彼女も相沢と同じだから。

だからこそ彼女はここまで過去の僕と相沢の関係に執着した。こんな風にデートに強引に割り込んできたんだ。

「お願いよ、あーちゃん。私の言っていること分かるよね」

「……うん」

「だったら、どうか郁奈ちゃんに優しくしてあげて。あの娘《こ》をタイムリープする前みたいに、苦しませるのだけはやめて。だって、私そんなの耐えられないわ」

千帆の言いたいことも、相沢のことも全て理解した。

けれど、悲しみに暮れる妻をどうすればいいのか、僕には分からなかった。

今にも泣き出しそうな千帆の身体《からだ》をそっと引き寄せる。

高校時代の僕の小さな身体では、震える千帆を包み込むことはできない。けれど、彼女の心と懐《ふところ》の中に滑り込むのには、この中学生みたいな身体も役に立った。

見上げた僕の瞳にくしゃくしゃになった千帆の顔が映り込む。

逃げるように顔を逸らそうとする妻を、僕はさらに引き寄せた。

切ない声と共に身もだえる妻。

その姿に態度とは反対の期待を感じた瞬間、「あぁ、僕たちは大人なのだ」と当たり前のことを思った。

何も言わない口に代わって心臓が静かに軋《きし》んだ。

僕たちは卑怯《ひきょう》な大人のキスをした。

不安と、後悔と、悲しみを押し流すためだけに、恋人たちの神聖な行為を使った。

タイムリープをしてから、僕は妻とのふれ合いを極力避けてきた。一度それを許せば妻に僕は溺れてしまう。そんな恐れが常に僕の中にはあった。

けれども恐れよりも、今は千帆を慰めることの方が大切だった。

「センパイ！　千帆さん！　ちょっと、いいですか！」

その時、不意に僕らを呼ぶ声がする。あわてて僕と千帆は唇を離した。

「……相沢？」

「……郁奈ちゃん？」

通路を遠くからこちらに向かって駆けてくる影が見える。

顔を紅潮させて息を切らす少女は間違いなく相沢だ。彼女はまるで僕らのキスを邪魔するように、絶妙のタイミングで姿を現した。

千帆の顔が途端に青ざめる。

そんな妻の前に立つと、相沢はいつもの——屈託のない無邪気な笑顔を僕に向けた。

「思い出したんです。ここの三階にプリクラがあることを」

「プリクラ？」

「せっかくですし三人でプリクラを撮りましょうよ」

なぜだろう。顔はいつもと変わらない。言っていることも実に彼女らしい。

なのに僕は相沢が焦《あせ》っているように感じた。

◆◆◆◆

三階。フードコート横にあるゲームコーナー。

テナントが退去したスペースを無理矢理改装したのだろう、塗装も施されていないベニヤ板の壁に、ゲームセンターには不釣り合いな木目のフローリング。月並みなメダルゲーム機が余裕を持って並んでいる。

そんなスペースに僕と千帆そして相沢の三人は足を踏み入れた。

プリクラはその中央。茶髪の女性モデルが微笑《ほほえ》んでいるカーテンが、地味なフロアの中でちょっと浮いていた。

「センパイ。千帆さん。ほらほら、こっちです入ってください」

プリクラの前で相沢がはやく来てくれと手招きをする。

彼女に急《せ》かされて、僕と千帆は少しおっかなびっくりとその中へ入った。

光を効率よく反射させるためだろう、カーテンの中はどこを向いても真っ白だった。まるで入居したてのワンルームみたい。蛍光灯の強烈な光に目が眩《くら》む。

「センパイはプリクラは久しぶりですか？」

「それは、まぁね。男は別に撮らないから」

「千帆さんは？」

「……そうね、よっぽど気に入った相手としかしないかな」

質問しながらも、相沢はテキパキとセッティングを済ませていく。

僕と千帆の顔色なんて少しもうかがわない。

彼女は一度も僕たちに会話の主導権を渡さず、押し切るようにここにつれてきた。

相沢のそんなあわてた様子に妙な胸騒ぎを感じる。

「というか相沢。本当に撮るの？」

「はい。よく考えたら、センパイと撮ったことがなかったなって。あたし、これでも人並みにプリクラは集めているんですよ？」

彼女にそんな趣味があるなんて知らなかった。

いや、千帆と撮影したプリクラを一度だけ見せてもらった気がする。随分と色あせたものので、ほとんどぼやけて見えなかったが。

まぁ、この年頃の女の子なら不思議じゃないか。

「……好きなんだ、プリクラ？」

「好きっていうかみんなやってるからって感じですね」

「そうなんだ」

「周りに合わせるのって大切じゃないですか。流行に合わせたり、周りの空気を読んで発言したり、困ってるのを察したり」

「どうだろう。限度はあると思うけれど」

「難しく考えすぎですよセンパイ。なんていうか、そういう自分でありたいっていう憧れ——みたいなものです」

「……憧れか」

「憧れに近づこうとするのは当然のことでしょう？　ねぇ、千帆さん？」

千帆は相沢の視線から逃げるように顔を背けた。

こちらもさっきから様子が変だった。

あっという間に相沢はセッティングを終える。彼女は入り口付近でもたついていた僕たちを、「ほら、こっちですよ」と手招きした。

正面ディスプレイに僕と相沢そして千帆の姿が表示される。

「二人とも、もっと近くに寄ってくださいよ。ほらほら」

「いいよ相沢。僕たちはここで」

「そんなに離れていたら、あたしたちがまるで仲が悪いみたいじゃないですか」

「そんなものかな……」

「三人だったらぎりぎり並んで撮れるんです。ねっ、並んで撮影しましょうよ」

ほらほらと僕の身体にべたべたと触れる相沢。

彼女は僕を自分の隣に連れてくると次に千帆に手をのばした。

するとと千帆の顔がまた悲しく歪んだ。

止めた方がいいかもしれない。そう思った矢先、シンプルな電子音が鳴り響く。

千帆の携帯電話の着信音だ。

「ごめん、電話みたい。二人で撮ってくれるかな」

「千帆⁉」

鞄《かばん》を胸の前に抱えると千帆はプリクラの外に飛び出した。

相変わらずその顔色は暗かったが、どこかほっとしているようにも見えた。

残された僕と相沢はお互いを見つめ合う。

「……撮影カウントも動いてますし二人だけで撮りましょうか」

苦笑いと共に相沢が半歩横にずれる。「ほら、もっと寄ってくださいよ」と叱られてしぶしぶ僕もそれに続いた。

肩をひっつけて顔を寄せる。

ふと、お互いの側頭部がぶつかり、こつりと小さな音を立てた。

「もうっ、今度はくっつきすぎですよ、センパイ」

「ごめん。やっぱり後ろに回ろうか」

「ダーメーでーす」

頭がぶつかったのを口実に逃げようとした僕を相沢が捕まえる。

大胆に僕の腰に腕を回し、彼女は僕を抱きしめた。

それまでのどこか恐る恐るとした僕へのスキンシップから、打って変わっての積極的なアクション。靴の裏が浮くような感覚に思わず横を向けば、相沢はいたずらっぽく笑うでもなく、からかうようにこちらをうかがうでもなく、俯《うつむ》いて僕から顔を隠していた。

照れているように一瞬見えた。

けど違う。その頬と耳先に赤みがなかった。

腰に添えられた相沢の手が僕の肌を優しくひっかく。

切ない吐息が相沢の口から漏れたかと思うと、ショートヘアーが静かにゆれた。

「嫌ですか?」

赤いコンバースの靴底がつやのある床を踏みしめてキュッと音を立てた。

「……そんなことは。けど、これじゃまるで」

「いいじゃないですか、誰も見てませんよ」

誰が見ているっていうんだよ。

見られて困るような相手がいるのか?

頭を過《よぎ》ったのは、この場所から逃げ出した妻の顔だ。

後輩の気持ちを代弁した時のその表情は、すぐに相沢の温《ぬく》もりを感じて霧散した。

浅い息と微《かす》かに震える身体。

相沢が顔を上げれば潤んだ瞳が僕の心をぐちゃぐちゃにかき乱す。

まるで万華鏡《まんげきょう》でも覗《のぞ》き込むような心地だ。

うっすらと日に焼けた肌にはまだ幼さが見られる。健康的ではあるが乱暴に触れれば壊してしまいそう。けれども、そんな自分の身体のもろさを利用するように、彼女は僕の身体に密着して動きを封じた。

誰も邪魔する者のいない白い部屋の中で、僕と相沢は胸を高鳴らせて抱き合う。

少しでも刺激を加えれば、青い感情が暴走してしまいそうだった。

「センパイ。あの」

「……相沢」

君は、やっぱり。

『はい、チーズ！』

その時、部屋の中の空気を入れ替えるようにシャッター音が鳴った。

腕に抱いた相手にすっかり気を取られていた僕たちは、撮影カウントが迫っていることに気がつかなかった。

助かった。

そう安心する間もなく僕は目を剝《む》く。

画面にでかでかと表示されたのは僕と相沢が抱き合う姿。

それもなにやら熱っぽくお互いを見つめ合っている。美白機能も遠慮する赤さだ。

まるで漫画の告白シーンのような状況に、ようやく僕は相沢から逃げるように離れた。

「ごめん相沢、油断してた。撮り直しってできるんだっけ？」

「これじゃ、ダメですか？」

「……え？」

こんな写真は残せない。

帰ってきた妻に、どうやって説明すればいいのだろうか。

そう思って相沢に謝った僕を、予想外な言葉が襲う。

瞬《まばた》きもせずに正面の画面を見つめる相沢。

どこか寂しそうに、なにか憧れるように、本心を深くその言葉の奥に隠しながら、けれども耐えられないように彼女は言った。

目の端から万華鏡の中身が一つこぼれ落ちる。

頰を伝う透明な滴を僕の目が無意識に追っていた。

「お願いします、センパイ。この写真をあたしにください」

「それはどういう」

「千帆さんには言いませんから。絶対に言いませんから」

——どうして千帆の名前を出すんだ。

　これもまた君のいつものからかいなんだろう。

　そうなんだろう——相沢。

　僕を放した相沢の手がタッチパネルへと伸びる。

　表示されている決定の文字。

　その上に指を添えて彼女は僕を見た。

　色づいた唇が次の言葉に迷って震えている。

「こんなのってひどいですよ。なんなんです、いきなり出てきたと思ったらあたしが負けヒロインとか。センパイのことをあきらめさせるとか。意味が分からないです」

「それは」

「悲しい想《おも》いをさせないなんて、そんなのあたしの勝手じゃないですか。あたしのセンパイへの想いはあたしだけのものです。どうこう言われたくなんかない」

「……相沢？」

「確かに、センパイと過ごした日々の長さでは敵《かな》わないかもしれない。けど、あの人はセンパイから逃げたじゃないですか」

また彼女の瞳から涙が流れ落ちる。今度はもう誤魔化せないほどに。

「ねぇ、そうですよねセンパイ。あたしの方が貴方《あなた》にとって必要ですよね。今のセンパイにも、未来のセンパイにも、ふさわしいのはあたしですよね」

「……それは」

相沢の指先がタッチパネルを叩《たた》く。

それと同時に、彼女は僕に近づくと首に手を絡《から》めて頭を下げさせた。頭半分の身長差を強引に縮めて、彼女は僕の瞳を覗き込む。

小さな唇がいきなり僕を襲った。

悲しい涙の香りがした。

千帆と僕とのそれとは違う、必死に相手を求めようとするけなげなキス。

その舌先が唇に触れて、ようやく僕は正気に戻った。

弾《はじ》けるように相沢の肩を押すと僕は彼女から離れる。

もう悩む必要はなかった。

「相沢、君は僕のことが好きなんだね」

「ひどいですよ、センパイ。こんなのってあんまりです……」

相沢は悲しそうに僕から顔を背けた。なにもかも遅いというように。

その時、入り口のカーテンが開いているのに僕は気がつく。

相沢に迫られた動揺と唇を許したショックで僕は周りが見えなくなっていた。

「……どうして、郁奈ちゃん」

千帆がそこにいた。

カーテンを握りしめて、僕を責めるような目で見ていた。

「私、ちゃんと言ったよ。貴方の恋は実らないって。私が責任を持って終わらせるって」

「……千帆さんが悪いんですよ。貴方が先に約束を破ったから。だったら、あたしにだってこうする権利があるはずです」

もう一度、相沢に唇を奪われる。

妻が見ている前で、僕は十五年来の恋心を告げた少女に為《な》す術《すべ》もなく唇を蹂躙《じゅうりん》された。

下手に抗《あらが》えば傷つけてしまいそうな悲しいキスを、僕は止められなかった。

僕はまた自分の優柔不断さで大切な人を悲しませた。

「……やだ、いやよこんなの。私、こんなの望んでいない」

「これでおあいこです千帆さん。あたしたちはそもそも、そういう関係でしょ？」

深い絶望と怒りを湛《たた》えた千帆の瞳が僕を映している。

いつだって明るく前向きな僕の妻が、まるで少女のようにその場に泣き崩れる。

この世を呪うような言葉にならない嗚咽《おえつ》が白い部屋の中に響いた。

時よ止まれと僕は願った。

あるいは巻き戻れと。

「だから言ったじゃない。ちゃんと郁奈ちゃんを見てあげてって」

「……千帆」

「どうして、あーちゃん。なんで分かってくれないの。なんで貴方は、そうやっていつも郁奈ちゃんの気持ちを残酷な形で裏切るの」

「違うんだ、千帆。僕は君のことも相沢のことも大切で」

「自分に都合の良いように勝手に納得しないでよ。大切なのは結局自分なんじゃない。そんな風に、うわべだけ優しくするくらいなら、ずっと気づいてくれない方がよかった」

もう、しらない。

妻は僕に最大級の拒絶の言葉を放った。

心の底から、そしてぶつけるあてのない、とめどなく溢《あふ》れてくる負の感情を、妻は力に変えて叫んだ。

◆◆◆◆

「……千帆！」

気がつくと僕は学校にいた。

２００７年７月13日金曜日15時42分。

携帯電話の時刻は、間違いなく僕がまたループしたことを示している。

どうしてループが発生したんだ。

前回のループと状況がまったく違う。戻った時刻も場所もバラバラだ。

何かがおかしい。

これは本当にタイムリープなのか。

そもそも僕はいったいどこにいるんだ。

目の前に広がるのはブルーハワイのような青い夏空。

雲一つない水色のキャンバスの端に、青々とした広葉樹の枝がかかっている。

顔を上げれば校舎が見える。その壁が陰っていることから、僕は自分が校舎裏の芝生の上に寝転がっていることに気がついた。

「あら、ゆっくり読書するつもりだったのに先客が」

「校舎裏でお昼寝なんて青春こじらせすぎじゃない？　そうやって待っていたら、運命の女の子が話しかけてくるとか思っているのかな？」

「……え？」

突然、天気雨のように頭の方から声が降ってきた。

反射的に視線を向ければ幼い顔立ちの少女が上から僕を覗き込んでいる。

辛辣なことを言いながら優しく微笑《ほほえ》む彼女。

今朝、学校に遅刻してきたクラスメイトの女の子だった。

「同じクラスの鈴原くんよね」

「……君は？」

「君の運命の女の子。なんてね。信じちゃったかしら」

紅色のヘアバンドとゆれるサイドテール。

幼さと優しさが調和した笑顔。

まるで無理矢理着せられたようなぶかぶかの制服。

相沢よりもさらに幼い、中学生よりも小学生のような見た目。

少女は僕が視線を向けると「そんな情熱的に見ないで」といたずらっぽく恥じらった。

どこかつたない素振りに続いて、彼女は辺りを見回す。

「いつも隣にいる千帆ちゃんは一緒じゃないんだね」

その言葉で僕は突然のループにより引き離された妻のことを思い出す。

そうだ、千帆はどうなったんだ。

別れ際《ぎわ》の妻は凄《すご》く動揺しているようだった。ループにより時間は巻き戻ったが、タイムリープをしている彼女の記憶にあの光景は残っているはずだ。

あんな妻を放っておけない――。

「急いで千帆と合流しないと。ちゃんと話し合わなくっちゃ」

「あら、なにか一緒にいられない事情があるのかな？」

「違うよ。そんなんじゃ……」

言葉が急に詰まった。

いったい僕はどんな顔をして妻の隣に立てばいいのだろうか。

妻の気持ちと願いを裏切って、どうして彼女に顔向けできるのだろう。

時間は巻き戻り、さっきまでの出来事は全てなかったことになった。

けれども、妻と後輩を泣かせた記憶と罪悪感は僕の胸に残っている。

全て僕が悪い。

二人を悲しませたのは僕がはっきりしなかったからだ。

「……千帆。相沢。ごめん」

「おやおや、これは何か修羅場の予感。嫌な所に居合わせちゃった」

「僕は、いったいどうすればいいんだ」

どうすれば、誰も傷つけず過去をやり直せるんだ。

タイムリープを終わらせることができるんだ。

千帆の望みを叶《かな》え、相沢の気持ちと向き合い、タイムリープの謎を解く。

僕みたいな男にできるのか。

重圧に頭が締め付けられるように痛む。吐き気を覚えて、僕は額を押さえた。

そんな僕の手をそっと優しい温《ぬく》もりが包み込む。

「なんだか大変そうだね」

顔を上げれば、僕の正面に回り込んでさきほどの少女が立っていた。彼女はその小さな手を僕の手に重ねる。さらにもう片方の手を僕の肩に優しく載せた。

よしよしと彼女が僕の身体《からだ》をゆらす。

どうしてだろう、見知らぬ少女のそんな仕草に、僕は安らぎを感じていた。落ち込んで妻に慰めてもらう時にも感じる、あのひたすら優しい感覚を。

「よかったら、私に相談してみてよ」

「……君は？」

「……私の名前はシノユリ。ただのお人好《ひとよ》しなクラスメイトよ」

その名前には聞き覚えがある。

杉田の幼馴染《おさななじみ》の名前と同じだ。

けど、さっきデパートで会ったシノさんとは印象が全然違う。

身長も。身体つきも。肌の色も。そして喋《しゃべ》り方も。

同姓同名だろうか。確かデパートで会ったシノさんも、うちの学校の制服を着ていた。

同じ学年に同姓同名の人物がいれば覚えていそうだが。

シノさんの小さな指が彼女の赤いメガネを弄《いじ》った。

フレームには花火のような独特のマーク。

その模様を見た瞬間、目の前の少女と未来の女性の顔が重なる。

まさか『シノユリ』って——。

「……もしかして、志野由里《しのゆり》さん？」

「うん？　どうしたの改まって？」

この特徴的なメガネは間違いない。

彼女は、未来で僕の家の隣に住んでいる志野由里さんだ。

嘘《うそ》でしょ。こんな偶然ってあるの。

僕ら同級生だっただなんて。

「けど、それならデパートで杉田と一緒にいたのはいったい」

「良平くんがどうかしたの？」

「え？」

きょとんとした顔をこちらに向ける志野さん。

その口から杉田の下の名前がなぜ出てくるのだろうか。

「ごめん、分かりづらかったかな。杉田良平くんがどうかしたのって聞きたかったの」

「知り合いなの？」

「うん。幼馴染」

けろっと彼女の口から出た説明は、杉田からも聞いたことのある内容だった。

目の前の志野さんも、デパートで会ったシノさんも、杉田の幼馴染だっていうのか。

あり得ないだろ幼馴染が同姓同名だなんて。

説明のつかない状況に僕は思考停止する。

そんな僕を見かねたように、志野さんが「ふむ」と頰を掻《か》いた。

「デパートで私と良平くんが一緒にいるのを見た。もしかしてその私は、少し身長が高くて、身体つきも年相応で、肌も白くて、喋り方が子供っぽかったかな？」

「すごい、まるで見てきたように言う！」

照れくさそうにはにかむ志野さん。「まぁね」とちょっと得意げに胸を張ると、彼女は僕に向かってウィンクを放つ。そして、小さな唇の前に指を添えた。

これから話すことが秘密の話だと念を押すように。

「君がデパートで会った私は文ちゃんだね」

「文ちゃん？」

「クラスメイトの天道寺文。文ちゃんはね、良平くんといい感じなのを知られたくなくて変装しているのよ。良平くんの幼馴染で、一緒にいても説明がしやすい私にね」

「どうしてそんなことを君は知っているんだい？」

「私が文ちゃんの友人で、そうするようアドバイスをした二人のキューピッドだから」

結婚式の新郎友人代表も知らない新事実だった。

ただのお隣さんだと思っていた人は——親友の幼馴染で、その伴侶の友人で、二人の仲を取り持ったキーパーソンで、僕の高校時代の同級生だっていうのか。

想像できないよそんなの。

明らかになった人間関係の複雑さに僕は目眩《めまい》を覚えた。

「私の家に文ちゃんが遊びに来たのが縁でね、今じゃ良平くんの家に遊びに行くくらいラブラブよ。告白はまだみたいだけど、夏休み明けにはくっついてるんじゃないかな」

なにが夏休み明けからつきあいだしただよ。

夏休みに入る前から、君たちってばできあがっていたんじゃないか。

けどそりゃそうか、夏休みに遊んだのがきっかけで交際するようになるってことは、既に夏休み前の時点でそこそこの関係になっているはずだものね。

言葉の裏を読み切れなかった。

いや、衝撃の事実に打ちひしがれるのは後だ——。

「私の素性を理解してくれた所でどうかしら」

再び僕の手を握って志野さんが少し首をかしげる。

サイドテールが軽やかにゆれて、赤いフレームのメガネが眩《まぶ》しく光った。

日陰になった校舎裏。学校の賑《にぎ》やかさから取り残されたような場所で、よく知らない男子の手を握りしめて、少女はまるで諭すように言った。

「困っているなら相談してください。私でよければ力になりますよ」

閑話　なぜなにタイムリープ道場・郁奈ちゃんルート「破られた約束END」

どうして志野《しの》さんに相談する気になったのか自分でも不思議だった。

杉田《すぎた》や天道寺《てんどうじ》さんを差し置いて、その存在さえも忘れていたクラスメイトになぜタイムリープのことを話すのか。理屈は間違いなく通っていなかった。

けれども、結果としてそれがよかったのかもしれない。

「……なるほどねぇ。ずいぶん大変なことになっているのね」

「うん、もうどうしていいか分からなくって」

「オッケー、大丈夫よ。鈴原《すずはら》くん、悲観しなくてもいいわ。これならタイムリープの謎は解けたも同然よ」

「……えぇっ？」

岡目八目。

僕が悩んでいるタイムリープの謎を、彼女は宿題でも解くみたいに分かったと言った。

僕は正面に正座する彼女を食い入るように見つめる。

そんな僕の反応に、サイドテールをゆらして志野さんが苦笑いをした。

「簡単よ。少しメタ的に物事を考えればいいの」

「メタ的に？」

「そうそう。たとえば、君が経験している出来事を漫画や小説にあてはめると、意外にすんなりと謎を説明することができるわ。一種の思考実験ね」

志野さんは正座を崩すと靴を脱いで芝生の上に足を投げ出す。

なぜか裸足《はだし》。彼女は靴下を穿いていなかった。

夏風に指先が愛らしくゆれる。

足と同じく手を広げて伸びをした彼女は、「それじゃあ解説しましょうか」と言うと、小さな手を僕の前に突き出した。すぐに三本の指がぴょんと青空に向かって伸びる。

「ここまでの話を聞いた限り、確実に言えることが三つあるわ」

「三つも？」

「順を追って説明していくわね。まずは一つ目、このタイムリープの目的についてよ」

それが分からないから苦労しているんじゃないか。

確かに二回もループすればおぼろげに何か見えそうなものだが——。

「今、それが分かれば苦労しないって思ってたでしょ？」

まるで心を読んだみたいに、志野さんが言い当てる。「ふぇ？」と間の抜けた声を僕が上げると、彼女は少し得意げに微笑《ほほえ》んだ。

「メタ的に考えればそうなるわよ。お約束っていうべきかしらね。話の流れから七割くらいはそういうのって予想できるでしょ」

「まぁ、それは」

「君たちに起こっている出来事も同じ。言ったよね、これが漫画や小説ならって？　質問だけれど、もしこれが漫画だとしたらジャンルはどうなるのかしら？」

「どうってそんなの、タイムリープモノじゃないの？」

「タイムリープなんてジャンルはないと思うけれど？」

確かにその通りだった。

タイムリープをテーマに扱った作品はいくらでもある。

少年漫画にも、少女漫画にも、青年漫画にも。

ライトノベルにも、一般文芸にも、ＷＥＢ小説にも。

ドラマにも、映画にも、アニメにも。

けれど、タイムリープは決してジャンルではない。あくまでテーマだ。

タイムリープとは別に、ラブコメだったりSFだったり、サスペンスだったり、ちゃんとした軸が作品には存在している。

時をかける少女は青春モノ。

僕だけがいない街はサスペンス。

STEINS;GATEはハードSF。

魔法少女まどか☆マギカは魔法少女モノと見せかけた戦隊ヒーローモノ。

Re:ゼロは王道ファンタジー。

東京卍リベンジャーズは不良モノ。

サマータイムレンダなら伝奇・ホラー。

タイムリープはあくまで「ドラマティックに話を盛り上げるギミック」だ。

目を引くテーマにはなるが、作品を通して読者に伝えたい「物語の目的」は含まない。

それを含んでいるのはジャンルの方だ。

「不良モノなら仲間との絆《きずな》。ファンタジーなら男の子の浪漫《ろまん》。サスペンスなら事件の疑似体験。ジャンルの中に目的はあるの。タイムリープはあくまで道具よ」

「タイムリープの原理や目的はなんでもいいんだ」

「読み込みが足りないね」

「それじゃあ僕が巻き込まれているのは――」

なんだろう。

もし僕の状況を漫画や小説に置き換えるなら。そのジャンルはなんだ。

「想像してみて。この話が一冊の本だったなら」

「本だったなら……」

「物語の導入は。登場人物たちの配役は。主人公は誰で、ヒロインは誰。どんな読者を想定して書かれているのか。本のサイズは。本屋で置かれている棚は。表紙絵は。タイトルは。漫画、ライトノベル、ライト文芸、一般文芸。どこの出版社のなんていうレーベルから出ているのか。ね、もっとメタ的に考えるのよ」

ぼんやりとイメージが見えた。

そうだ、間違いない。タイムリープモノと同じく、僕はこの手の作品を、嫌というほど見てきたから知っている。

分かったかしらとウィンクした志野さんに、僕はようやく最初の質問の答えを述べた。

「これはラブコメだ。それも運命の人探しやハーレムモノじゃない。ラノベやサンデー系の漫画で流行《はや》っている、一人のヒロインを掘り下げるタイプのラブコメだ」

「ご名答。まぁ、奥さんっていう明確な勝ちヒロインがいる時点でお察しよね」

「……すみません、お察しできていなくて」

「まぁまぁ。というわけでね、君の身に起きたこの現象は、君と奥さんの絆を深めることが目的なのよ。ラブコメだから当たり前だけど、お熱いことで」

「なんか結婚しているのにラブコメって、変な気分だな」

「さて。それを踏まえて、次に考えるのはループの発動原理についてよ」

「それも分かれば苦労しないけれど」

「なんで？　ラブコメでタイムリープなら、もう、ほとんど答えは出ているじゃない。それに能力発動のタイミングがあからさまでしょう？」

「あからさまって？」

一周目では、理想の青春を過ごしていたのにループが起こった。

二周目では、妻や相沢《あいざわ》に弁解する機会をループによって奪われた。

どちらも僕にとって都合の悪いタイミングだ。

「よく考えて。このループで得をしている人間がいるわ？」

「え？」

「一周目のループで、彼女は理想の青春をやり直そうとしたの。誰かさんが高校時代のことを忘れていたせいで、台無しだったデートをコンテニューしたのよ」

「……ちょっと待ってくれ」

「二周目のループはあからさまね。彼女は穏便に終わらせたかった後輩の恋を、誰かさんが鈍感なせいで無茶苦茶にされた。それをまたリセットしたのよ」

少し悲しげに志野さんが目を閉じる。

その愁《うれ》いを帯びた顔立ちが、どうしてか若返った妻の顔と重なった。

何かをあきらめた辛《つら》そうな顔。

それを、僕はこのタイムリープに巻き込まれてから、何度も何度も目にしていた。それこそ見ているこっちが絶望するほどに。

なんで気がつかなかったんだろう。

「ラブコメミステリ漫画の大傑作『山田くんと7人の魔女』でもそうだったよね。入れ替わりの能力の持ち主は、主人公じゃなくヒロインの方だった」

「そうか、そういうことか」

「どうしてタイムリープの能力を持つのが自分だけだと考えたの。時を超えて戻ってきたのは、貴方《あなた》だけじゃないはずよ？」

「千帆《ちほ》だ。千帆が時を戻す能力を持っているんだ」

「しかも彼女は能力を無自覚に発動している」

「だから僕も千帆も気がつかなかった。巻き戻る時間もバラバラだし再現性もなかった。なんてこった。ループモノですらなかっただなんて」

「けど、突然タイムリープ能力に目覚めるなんて、実にラブコメらしいわ」

まさか千帆が、時を戻していたなんて。

そして、さらにこれをメタ的に考えるなら――。

「これがラブコメなら、テーマはきっとタイムリープじゃない、超能力モノだね？」

「鋭い。流石《さすが》は三度の飯よりラブコメが好きなだけはある」

「それ褒めてるの？」

「さっきも例に挙げた『山田くんと7人の魔女』や『ポンコツちゃん検証中』、『琴浦《ことうら》さん』『成恵《なるえ》の世界』なんかに代表されるテーマだね。SFとしての側面が強いけど『涼宮《すずみや》ハルヒ』もかな。特殊な能力に目覚めた女の子に寄り添うピュアなラブストーリーよ」

そこから完全に誤認していた。

僕たちは何か壮大な事件に巻き込まれたんだと思っていた。

まさか自分たちで過去に戻っていたなんて。

「まぁ、これもメタ的な話だけれど、超能力モノっていうのはその能力に振り回されて男女がイチャつくのが話の肝だからね。目的なんてあってないようなものね」

「なんだよそれ、あんまりじゃないか」

「ここまで分かったら、あとはタイムリープのトリガーだけが問題よ」

「過去に戻りたいって思うだけじゃないの？」

「それならもっと頻繁にタイムリープしてるはず。人生なんて後悔の連続でしょ？」

確かに。

それに簡単に発動するなら千帆も気がつくだろう。

「無自覚とはいえ、タイムリープの発動にはなにかきっかけがあるの。それこそ、二回のループで共通して、千帆ちゃんがやっていることとかね」

そこの推理は僕に任せられた。

最後。

「さて、三つ目なんだけれども」

ここまでハキハキと喋《しゃべ》っていた志野さんが、なぜか急に黙り込んだ。

迷っている。どうやら話すのをためらう内容のようだ。

泳ぐ視線。そしてもごつく口。

ここで黙り込まれても困る。僕は突き出された志野さんの手を握りしめると、どうか教えてくれと無言で彼女に懇願した。

「……これはおそらく君がこのループで立ち向かわなくちゃいけない問題よ」

「立ち向かわなくちゃいけない？」

「千帆ちゃんと相沢ちゃんの関係について。もう、薄々気がついているんじゃない？」

これはさっぱり分からなかった。

「分からないって顔だね。だったら考えてみて。タイムリープを経て相沢ちゃんの気持ちを知った今、鈴原くんは彼女になにをしてあげたいかしら？」

難しい質問だった。

千帆はともかく、高校時代の相沢のことを僕は何も知らなかった。

彼女が僕のことを好きだなんて。その気持ちをずっと隠してきていたなんて。

だからこそ、ここまで僕は彼女に対して冷たく無関心でいられた。そして、深く彼女を傷つけてしまった。

もし許されるなら、彼女との過去をやり直したい。

彼女に優しい青春を僕は選択したい——。

「待って、これって」

「それってつまり、千帆ちゃんが前のループでやりたかったことよね？」

そうか、そういうことだったんだ。

千帆は僕が相沢とデートするのを止めなかった。相沢と僕をくっつけたくないだけなら会わないように僕に言えばいいだけなのに。

てっきり、タイムリープの調査のために折れてくれたのだと思っていた。

そうじゃない。

最初から千帆の目的は別にあったんだ。

「千帆は、相沢と話がしたかったんだ。それもできるだけ早く」

「相沢ちゃんの想《おも》いに気づいてないのだから、君は優しくなんてできないわよね。きっとまた、貴方は彼女を無自覚に傷つけ続けるわ」

「千帆は終わらせようとしたんだ、僕の代わりに二周目のヒロインレースを」

「タイムリープでヒロインレースの結果が変わるなら黙っていてもよかったでしょうね。夫婦揃《そろ》ってという心変わりが許されないシチュエーションが生んだ悲劇よ」

千帆は相沢を救いたかった。

蹴落としたんじゃない。

本来なら二周目では起きないヒロインレースから彼女を逃がしたかったんだ。

「本当に千帆ちゃんが心配していたのは相沢ちゃんの方よ」

「けど、それじゃあ、千帆は全てを知っていて」

「そうね、知ってるでしょうね。相沢ちゃんの気持ちも、君の知らない恋の結末も」

何が真面目にやろうよだ。

たった一人で、千帆は過去に挑んでいたんじゃないか。

最初のループでも、前のループでも、彼女は僕に何も言わず、高校時代の後悔をやり直そうとしていたんだ。

バカな僕が気がつかないばっかりに。

「けど、それならなんで僕に話してくれなかったんだよ」

「それは、乙女心を考えれば分かると思うよ、鈍感ラブコメ主人公くん」

「……そりゃそうか、言えないからここまで話がこじれたんだ」

「さらに補足すると、たぶん二人は高校時代からの知り合いよ。相沢ちゃんが千帆ちゃんを受け入れるのが早すぎる。なにより、よく知らない人間に嫉妬なんてするかしら？」

確かに、言われてみると妙な節はいくつもあった。

待ってくれ。

千帆の目的も二人の関係も分かった。

けど、それがいったいどうして、僕がこのループで立ち向かわなくちゃいけないことになるんだ。

その時、僕の携帯が鳴った。

メール着信音。

僕が手ずから楽譜を打ち込んだ着信メロディーが流れる。東方紅魔郷《とうほうこうまきょう》「U.N.オーエンは彼女なのか」のサビ。あわてて僕は携帯をポケットから取り出した。

「さぁ、トゥルーエンドに向かうための最初の選択だよ」

小さな手で志野さんは赤いメガネを外す。

さらに髪を結い上げている赤いヘアゴムも解いた。

くせっ毛な黒髪が肩まで垂れると彼女の印象が少し変わる。愛くるしい少女の面影は消え、どこか心細そうな女の顔が代わりに現れた。

「もう分かったでしょう。このループで千帆ちゃんが何をやり直そうとしているのか。どうしてメールが君に届いたのか。なんで今度は放課後にループしたのか」

メールは差出人の名前が不明になっていた。

件名に「あとは一人でやるから」とだけ書かれた空メール。

けれどもそのアドレスを僕は知っている。

それは千帆のメールアドレス。

「……まさか、千帆は」

「そう。千帆ちゃんはこのループで、今度こそ相沢ちゃんの恋を終わらせようとしているの。そのために放課後に時間を戻したのよ」

なら、僕は妻になんて答えるべきなんだ。

何も知らない振りをして無視するべきなのか。

素直に『三人で話し合おう』と言うべきなのか。

いや、違う――。

「前のループがバッドエンドに至った理由がなんなのか、分かっているなら君がなすべきことは一つよ。ヒロインレースの決着は、いつだって主人公とヒロインたちの対話よ」

「僕が過去を清算しなくちゃいけない」

「見落とした過去に立ち向かう時が来たのよ。そして忘れないで。もし千帆ちゃんがまた失敗したら。絶望して、そのタイムリープの能力を暴走させでもしたら……」

僕の背中を冷たい何かが撫《な》でた。

そうだ、今までのタイムリープは全て幸運だったんだ。能力を制御できていない状態でタイムリープをするなんて正気じゃない。

これ以上、千帆に能力を使わせちゃいけない。

それはつまり、妻に二度と「過去に戻りたい」と思わせないということ。

「僕が相沢の恋を終わらせる。千帆が過去を変えなくていいようにする」

もう逃げられない。

僕は自分が過去に残してきた後悔を、自分の手でやり直さなくちゃいけないんだ。

覚悟を決めた僕に志野さんが一冊の本を差し出す。

箔押《はくお》しのタイトルは『パプリカ』。著者は筒井《つつい》康隆《やすたか》。

同名タイトルのアニメ映画を僕は大学時代に見て感銘を受けた。その原作小説だ。

「さぁ、あっちゃん。君は現実が入り交じる夢の世界を駆け抜けることができるかしら」

恋する少女のように彼女は笑うと、未来を託すように僕の胸に本を押しつけた。

「頑張って。君が来るのを、千帆ちゃんも相沢ちゃんもきっと望んでいるわ」

僕は千帆のメールに返信した。

ただ一言――『信じて』と。

三周目「盈盈《えいえい》一水《いっすい》」

２００７年7月13日金曜日16時19分。

僕は前のループと同じく校舎の玄関で相沢《あいざわ》を待っていた。

優柔不断だった高校時代の僕が残した後悔を自分の手で清算するために。

これは僕の問題だ。千帆《ちほ》ではなく僕が相沢に償うべき話なのだ。

もちろんそこには、妻にこれ以上タイムリープの能力を暴走させてはいけないという思惑もある。けれども、僕はこの過《あやま》ちにちゃんと正面から向き合いたかった。

千帆のためにも。

相沢のためにも。

僕の右腕の手首で赤いヘアゴムがゆれる。志野《しの》さんが髪をまとめるのにつけていたもので、気がつくと僕の手にはまっていた。

僕を励まそうとしてくれたのだろうか。確かに効果は抜群だった。

ありがとう。

志野さんのためにも僕はやってみせるよ。

「……しかし、遅いな相沢の奴《やつ》」

前のループで合流した時刻から五分ほど経過している。

こんなに時間がずれるものなのだろうか。志野さんのことといい、前のループと今回のループで多少の違いがあるのは分かるがちょっと様子がおかしい。

僕は携帯電話を取り出して相沢に連絡しようとした。

その時だ、見覚えのある女の子が校舎の玄関に姿を現したのは。

黒い三つ編みの髪。野暮ったい黒メガネ。垢抜《あかぬ》けない格好のはずなのに、なぜか魅力的な身体《からだ》つき。アンバランスな魅力を持った女生徒。

彼女は——。

「天道寺《てんどうじ》さん？」

「ふぇっ⁉」

志野さんに変装した天道寺さんだ。

そう気づいた僕は、反射的に彼女に声をかけていた。

ひきつった顔でこちらを振り向く少女。

学校一の美少女が白目を剝《む》いて脂汗を流す。授業中の凜《りん》とした雰囲気など見る影もない表情に、彼女の正体がどうこうの前に声をかけたことを後悔した。

どうするんだよこれ。

声をかけた僕まで固まる。

てんで未来を変えられないタイムリーパーと疑惑の三つ編み少女の間に、生ぬるい風が吹く。にらみ合って微動だにしない僕らの横を不安そうに生徒が通り抜けた。

気まずい沈黙。

すると天道寺さんの背後から、ぬっとゴリラみたいな男が顔を出す。

「ごめん天道寺。明日の試合の準備でちょっと遅くなった。待たせて悪いな」

「ぎゃあーっ！　なんでこのタイミングで！」

現れたのは僕の友人こと杉田《すぎた》良平《りょうへい》。

そして、彼が呼んだ名前はやっぱり未来の結婚相手。

ようやく僕は目の前の少女の正体を確信できた。

「やっぱり、天道寺さんだったんだね」

「なんで、どうしてバレてるの⁉　しかも鈴原《すずはら》くんに⁉」

「いやまぁ、いろいろありまして」

取り乱した天道寺さんに、ただでさえややっこしい事情を説明できる気がしない。

助けを求めるように杉田の方を僕は見る。頼りになる未来の親友は視線で気持ちを察してくれたのだろう、僕たちの間に割って入ってくれた。

「びっくりしただろ鈴原。天道寺、こういうのも似合うんだぜ。かわいいよな」

「ナチュラルにデレるなぁ」

「まぁな。詳しく説明したい所だが、これから俺たちデートなもんで」

瞼《まぶた》の上に指をかざしてキメ顔をする杉田。

どうやら「デートの邪魔すんな」って空気で無理矢理押し切るつもりらしい。

ちょっと無理がない？

流れもポーズも。

「なに言ってるのよ杉田！　違うのよ、これには海よりも深いわけが！」

そして、そんな彼ピッピのきづかいを真っ赤な顔で天道寺さんが否定する。

断固としてデートを認めない気だ。

なんか杉田が可哀想《かわいそう》になった。

「けど、デートなんでしょう？」

「違うの。二人でお買い物するだけなの」

「お買い物デートってことでしょ？」

「買い物くらい別につきあってなくても行くわ。気にしすぎよ鈴原くんてば」

「じゃぁ、なんで変装してるの？」

「……助けて、杉田ァ」

あまりに早い投了だった。

杉田の胸に隠れるように飛び込む天道寺さん。

ひどい扱いを受けたにもかかわらず、スパダリゴリラは彼女を優しく抱き留めると、よしよしとその背中を撫でた。

杉田が「これ以上は虐《いじ》めないでくれ」という顔をする。

無言で僕が頷《うなず》くとほっと彼が微笑《ほほえ》む。同時に天道寺さんの方も吹っ切れたのだろう、杉田の胸から顔を離すとぐすんと鼻を啜《すす》った。

「いやぁ、これから天道寺と二人で、杉TAXIに乗って茨木《いばらき》ショッピングセンターに行くつもりだったんだがな。まさかバレてしまうとは」

「杉TAXIの荷台に乗って、青春するはずだったのにね」

「知ってるか鈴原。自転車の荷台に女の子乗せても、押して歩けば違法じゃないんだ」

「合法二人乗りよ。私が杉田に教えたんだから。青春のライフハックって所ね」

のろけたいのか隠したいのかどっちなの。

まったく二人のせいで貴重な時間をロスした――。

「って、うわぁあああっ！　こんなことしてる場合じゃなかったのに！」

「どうした鈴原⁉」

「なになに、なんなの鈴原くん⁉」

バカップルワールドに巻き込まれたせいで忘れていたけれど、僕は相沢と待ち合わせ中だったんだ。結局まだ相沢ってば来てないぞ。

時刻は16時26分。

どんな用事があればこんなに遅れるっていうんだろうか。

やっぱりそうなのか。

なんとなくそうじゃないかと思っていたんだ。

「千帆め、さては裏で手を回したな！　くそ、いったいどこにいるんだよ！」

「……千帆？」

相沢が来ない原因はおそらく千帆だ。

僕にべったりな妻がなぜか今回ループしてから連絡が取れなくなっていた。電話をかけてもクラスに押しかけても会うことができない。

明らかに彼女に僕は避けられていた。

なんのために。

そんなの決まっている。

千帆は一人で相沢を説得するつもりなんだ。メールでもそう言っていたじゃないか。

前のループで彼女と相沢の気持ちを裏切った僕を、妻はもう信用していないんだ。だから、僕の裏をかいて相沢に一人で接触しようとしている。

「二人が繋《つな》がっている時点で、なんらかの連絡手段を持っているのも十分考えられた。なんでそこで目を瞑《つぶ》ったんだよ、僕のバカ」

千帆を信じたかったというのもある。

たまたま、彼女と連絡が取れないだけで、きっとそこまではしないだろうと。

違う。

彼女にあきれられたのを認めたくなかっただけだ。

僕は相沢から逃げたように、千帆からもまた逃げてしまったんだ。

「けど、ダメだよ千帆。君じゃダメなんだ。これは僕と相沢の問題だ。そこに君が入っても、何も解決しないんだ。前のループでも、そうだったじゃないか」

考えろ、鈴原篤《あつし》。

僕を置いて千帆と相沢がどこへ消えたのか。

千帆と一緒に未来に戻るんだろう。

完璧な青春を彼女とやり直すんだろう。

「僕は千帆を失いたくないんだ。だから絶対に彼女を絶望させたりしない。これ以上、その力を暴走させたりなんかしない」

妻を失ってたまるか。

千帆を僕は未来に連れ帰るんだ。

「考えろ、考えるんだ篤。千帆ならいったいどこに相沢を呼び出す。千帆はいったいどこにいるんだ」

「おい、鈴原。どうしちゃったんだよ」

「ちょっと鈴原くん。いくらなんでも思い詰めすぎよ」

心配した杉田と天道寺さんが僕に声をかけてくれる。

ありがたいけれど、これは僕の問題だ。それに君たちに何ができるわけでもない。

今はその友情だけを貰《もら》って——。

「あ、千帆からメールの返信が来たわ。茨木ショッピングセンターにいるって」

「ホァーッ！」

とか思っていたら、千帆の居場所がするっと分かる。

流石《さすが》に間合いが絶妙すぎて、僕はその場に尻餅をついていた。

大阪土曜の昼番組じゃないんだから。

「ちくしょーっ！　なんでこんな簡単なことに気づかないんだ！　僕のアホー！」

天道寺さんからのメールなら普通に千帆も返すよね。完全に盲点だったわ。

「なんか今日の鈴原ってば面白いな」

「ねぇ。一人で新喜劇やってるみたいだわ」

いいよアホで。千帆の居場所が判明したからもうなんでもいいよ。

ありがとう天道寺さん。恩に着るよ。

「なんにしてもこれで千帆の居場所が分かったよ」

「よく分からないけれど、大変そうね」

「ごめん天道寺さん。千帆には僕が聞いたってこと、黙っておいてくれる？」

「いいわよ。千帆にはうまく言っておいてあげる」

「本当かい」

「大丈夫よ心配しないで。ちゃんと分かってるから。千帆と喧嘩《けんか》しちゃって、会うに会えないのよね。それで仲直りする機会が欲しいんでしょう？」

立ち上がった僕に天道寺さんが温かい笑顔を向けてきた。

そう言えば、彼女ってばやけに僕に優しいな。今朝も手紙を届けてくれたし。ただのクラスメイトなのになんでここまでよくしてくれるんだろう。

杉田の友達だからだろうか。それとも、僕ってば何か彼女にしたのかな。

「千帆からちょくちょく話は聞いてるけれど、ほんと真っ直《まっす》ぐで融通が利《き》かない人なんだね、鈴原くんって」

「ふぇっ？　千帆が僕のことを？」

「そうよ。全部あの娘《こ》から教えてもらってるわ。二人が絶交したいきさつもね」

「なにを話しているのさ千帆ってば……」

「けどね、愚痴と同じくらいのろけ話も聞かされてるのよ」

「……千帆」

「貴方《あなた》のこと、本当に大好きなのね。じゃないと、あんな風に楽しそうに語れないわ。思わず、まったく関係のない私まで、興味持っちゃうほどなんだもの。千帆はきっと、今でも貴方が好きに違いないわ」

そっか。

天道寺さんは僕と千帆の関係を知った上で快く協力を申し出てくれたんだ。

タイムリープだからって、未来から何かを持って来なくてもよかったんだ。

この時代には、未来にも続く大切なものが最初からあったんだ。

「だから千帆を幸せにしてあげてね」

「……天道寺さん」

完璧な美少女が目の眩《くら》むようなウィンクをする。

過去ではただのクラスメイトの僕と彼女。僕のためにここまでしてくれる天道寺さんの優しさに、ちゃんと応えなくちゃいけないな。

「任せて」

千帆を二度と絶望させない。

相沢も悲しませない。

今度こそ、僕は千帆にタイムリープの能力を使わせない。

目指すは茨木ショッピングセンター。千帆と相沢が出会う前に、相沢との関係を清算することができれば、きっと前のループのような結末を回避できる。

一筋の光明がようやく差し込んだ気がした。

「……けど、問題はどうやって相沢に追いつくかだよな。走って間に合うのか？」

「やれやれ、仕方ないな」

「……杉田？」

ごそごそと、彼はズボンのポケットをまさぐる。

取り出したのは小さな鍵。ツインテールをした女の子のフィギュアがついている。

それを僕に手渡すと、彼は手で銃の形を作ってその先を僕に向けた。

「のってけ！杉ＴＡＸＩ」

「もってけ！セーラー服みたいに言うなよ」

◆◆◆◆

速いぜ杉ＴＡＸＩ。グングン進むぜ。

ママチャリじゃなくてクロスバイクだこれ。ロードバイクも造ってる、有名メーカーの奴《やつ》だ。高校生なのに良いの乗ってるな杉田ってば。

けど、そんないい自転車にがっしりした荷台をつけますかね。

重くなってスピード出なくなるじゃん。

「そんなに青春が大事か、杉田……」

これ天道寺さんに言われてやったんだろうな。

些細《ささい》なディティールから漏れてくる親友の恋愛事情よ。

はよつきあえ。

まぁ、なんにしても杉田から自転車を借りたおかげで助かった。

持つべきものは、歩いて行ける距離なのに自転車通学している親友だな。

「高校時代の僕って意外と友人に恵まれていたんだな」

思いがけず身を救ってくれた交友関係に感謝しつつ僕はペダルを回す。

茨木市。

大阪と京都の両方にアクセスが便利なベッドタウンは、平日なのに結構な交通量だ。

大通りを避けて僕は茨木ショッピングセンターに向かう。

走りながら僕は相沢にかける言葉を考えた。

「いったい、なんて言うのが正解なんだろうか……」

未来でも前回のループでも、僕は相沢の気持ちを裏切った。そして妻と同じく彼女を暴走させてしまった。

まだ彼女が僕にした悲しいキスの感触は生々しく思い出せる。

「どうすれば、彼女を傷つけずに僕たちは青春をやり直せるんだろう……」

走っていた生活道路が大通りに合流する。

茨木ショッピングセンターは目と鼻の先。ピンクの看板が通りの左手にも見えた。

そんな看板の下を、とぼとぼと女子高生が背中を丸めて歩いている。

くせっ毛なショートヘアー。高校の制服が馴染《なじ》んでいない小柄な身体つき。

そして緑色のリュックサック。

「相沢！」

「ひゃあっ⁉　せ、センパイ⁉」

あわてて僕はその背中に声をかける。違っていたらどうしようかと思ったが、振り返った顔はやはり僕の知り合い――相沢郁奈《かな》だった。

すぐに彼女はきびすを返してこちらに駆けてくる。

僕は自転車から降りると、陽射《ひざ》しを避けて洋服店の店舗下駐車場へと入った。

不思議そうに僕の顔を見上げる相沢。小動物のように庇護《ひご》欲をかきたてるつぶらな瞳から は、タイムリープ前に彼女が見せた悲しみや怒りは露ほども感じられない。

もう僕に泣いて口づけした相沢はどこにもいないのだ。

僕と千帆のきわめて勝手な都合で、彼女の嘆きはなかったことにされた。

タイムリープとはそういうものなんだ。

何も知らぬ相沢を前に僕の胸にじくじくとした痛みが走る。

消えてしまった彼女の名残を求めるように、僕は最後に触れられた唇を噛《か》みしめた。

「いきなりなんなんですか。街中で名前を呼ばないでくださいよ」

「ごめん相沢。どうしても、すぐ話したくって」

「なに言ってるんですか。この後、茨木ショッピングセンターで待ち合わせでしょ」

「……誰がそれ言ってたんだ？」

「え？　千帆さんですけど。センパイにあたしたちの関係がバレたから、一度みんなで話し合おうって」

やっぱり。千帆が相沢を呼び出すために嘘《うそ》の連絡を入れたんだ。

やってくれたなぁ。

ため息と共に頭《かぶり》を振る僕。すると、どこか不安そうだった相沢が急に微笑《ほほえ》んだ。

「やだ、そんなにあわてて。あたしに会えないのがそこまで辛《つら》かったんですか？　センパイってば見かけによらず情熱的なんですね」

「いや、なんでそうなるのさ」

「照れなくてもいいじゃないですか。素直じゃないぞ、鈴原篤」

えいえいと僕のお腹《なか》を軽く相沢が殴りつける。

なにこの返し。

これから僕たち修羅場の予定なんだよね。

前のループで泥沼化したこともあって軽口がまったく受け入れられない。

おどける相沢がいたたまれなくて、僕は思わず彼女の手首を摑《つか》んだ。

「相沢。やめてくれよこんなの。誤魔化さないでくれ」

「……えへへ。バレちゃいましたね。ごめんなさいセンパイ」

「謝られても困るよ」

「驚かすつもりはなかったんです。バレたらどうするっていうのも、千帆さんとちゃんと話し合っていたんですよ」

「君はいったい、どうして千帆と」

「深い意味とかありませんから。からかっていただけなんです。センパイってば、年上なのにかわいい反応するんだもの。今だって真っ赤だし」

「これは違うよ。そういうんじゃない」

「本当に？　強がってません？」

「強がってなんか……」

「あぁ、そうそう。さっきから何気なくあたしの手を触ってますけれど、おさわりは高くつきますよ？」

「……相沢さん？」

「一時間十万円ですかね。清楚《せいそ》薄幸系後輩は需要がありますから」

「はいほらすぐわらいにつなげる。あいざわのそういうとこきらい」

「いいんですか？　初触り料金として五千円請求しちゃいますよ？」

「なんなのこいつ、ていねいなくちょうのうざいこうはいかよ」

なんですかそれとペカーと笑う相沢。

リアクションがまさにそれだよ。未来でね、そんな感じに先輩にウザがらみする後輩が流行《はや》ってるの。なに流行を先取りしてんのさ。

ラブコメをコメコメに塗り替えないで。これから大事なシーンじゃないの。「君に言いたいことがあるんだ」って、真剣な話をする流れだったじゃない。

頼むから流れをぶった切らないで。

でないと貴方《あなた》、こんな感じで一生この恋を引きずるのよ。

引きずらせた僕が言うことじゃないけど。

ごめんね！

「……相沢、大切な話があるんだ。ふざけるのはやめてくれ」

「おさわりの次はおしゃべりですか。あたしの時間は高いですよ？」

「だからそーやってすぐちゃかす」

「もー、からかったのは謝りますって。それより、今日はちょっと実入りがいいので、あたしがおごりますから遊びましょうよ。ね？」

「それぼくのおかねでしょ？」

この期に及んで、まだ話をはぐらかそうとする相沢。

けれども僕はもう誤魔化されないぞ。

「相沢。真剣な話なんだ。聞いて」

僕は相沢の前に一歩踏み込むと、正面から彼女の顔を見つめる。

切ない声を漏らして相沢が後ろに下がろうとする。

けれどもその一歩をまた僕の違う足が詰める。

一歩また一歩と彼女が足を退《ひ》くたびに僕は相沢を追い詰めていく。

やがて、駐車場の端――緑色の金網まで僕は彼女を追い込んだ。網に背中を預けて相沢が僕を心細そうに見上げてくる。僕は相沢の顔の横に腕を伸ばして金網を摑んだ。

いわゆる壁ドン。

追い詰められた相沢が、僕の胸の中で助けを求めるように顔を上げる。口を噤《つぐ》んで目を見開くその表情の奥に、どうしてだろうループ前の彼女の面影を感じた。

「相沢。もし、僕の勘違いだったらごめんね」

「……どうしたんですか、センパイ。なんか怖いですよ」

「いいから、僕の質問に答えて」

僕の顔を覗《のぞ》き込む茶色い瞳。

そこに、僕の顔が映り込む。

ヒョロガリチビで冴《さ》えない僕。しかし、中身がおじさんだからだろうか、瞳の中の少年には妙なすごみがあった。

相沢の頬が紅潮し、くせっ毛な髪が猫の毛のように逆立つ。

肩が後ろに下がり、彼女の薄い胸がつき上がる。

制服のシャツの襟元から覗ける鎖骨に、彼女の緊張が滴になって浮かんでいた。

「……相沢」

「ひゃっ、ひゃいっ！」

少し、僕は次の言葉を溜《た》めた。

相沢はいよいよ息をするのも苦しそうに切ない顔をしている。

そんな女の子の顔をいつだったか僕は見た気がした。

そうだ、あれは大学二年生。コンパの帰りのことだ。

これまでまともに話せなかった切なさや、彼女を前に湧き起こる愛おしさに、どうしようもなくなり、その手を握って迫ったあの日だ。

告白した時の千帆と同じ顔を、相沢は僕に向けていた。

「……君ってさ」

「……は、はい」

「僕が好きなんだね？」

かぁと赤らむ相沢の顔。

彼女がそんな風にはじらうのを見たのははじめてだった。

いつだって笑顔で涼しげに僕と話していた彼女が、逃げ場もなく余裕もなく、ただ恥ずかしがることしかできなくなっている。

だからだろう――。

僕もまた、相沢を思いやる余裕を、どこかに忘れてしまった。

「ごめん、相沢。僕は君の気持ちに応えられない」

「……え？」

「僕には未来で結婚する女性がいるんだ」

「……待ってください。結婚するって？」

「信じられないだろうけれど、僕はタイムリープで未来からやってきたんだ」

「タイムリープ？」

「そう。そして僕は——妻の千帆を救うために君を振らなくちゃいけない。君の気持ちには悪いけれど応えられないんだ」

「冗談はやめてください。それ笑えませんよ」

「冗談なんかじゃないんだ。前のループで僕は君を泣かせてしまったんだ。もうあんな悲しい思いはしたくない。悲しませてしまった君のためにも、僕は……」

その時、あんなに赤かった相沢の顔から一瞬にして血の気が引いた。同時に瞳からは光が消えて、代わりにどす黒い感情がそこに表れた。

思わず喉が鳴るような顔を向けられて僕の言葉が止まる。

なんだ。

いったい相沢はどうしたんだ。

硬直して動けなくなった僕。その脚と脚の間に、気がつくと相沢の細くて華奢《きゃしゃ》な脚が差し込まれていた。

そして次の瞬間、彼女は道ばたをのたうち回るミミズでも潰すような感じで、男の無防備な急所を押しつぶした。

「センパイ」

「あ、相沢……さん？」

「さっきから何を仰《おっしゃ》っているんですか」

「えっ、いや、その……だから、未来から僕は来たって」

「なんです、それ。女の子を振るのにフィクションを使うだなんて、あきれかえって物も言えませんよ。嫌いなら嫌い、無理なら無理って、言えばいいじゃないですか」

「違う、そうじゃなくって」

「ほんと、ユーモアも優しさも足りない人。サイアクですセンパイ」

「……ヒェッ」

僕は相沢に大切な場所を押さえつけられたまま胸ぐらを摑まれた。

「暑さでどうかしちゃったんですね」

「ちがっ、違う、僕は本気で」

「いいんです、分かっていますからセンパイ。けど、センパイがその気なら、あたしも同じ方法でやり返しますね？」

何かを僕は間違えてしまった。

逃げだそうとしても、もう遅い。

胸ぐらを掴まれ、場所を強引に入れ替えられると、僕は相沢に凄《すご》い力で金網へと背中を押しつけられる。

見上げた相沢の顔の中には、タイムリープにより消えたはずの少女が蘇《よみがえ》っていた。

より鮮明な怒りと共に。

◆◆◆◆

大通りに面しているとはいえ店舗下にある駐車場だ。奥まで入れば人の目は届かない。

金網の向こうは民家だがブロック塀に視界は遮られている。

両側に店を支えている野太いコンクリートの支柱。

都会の真ん中に忽然《こつぜん》と現れた死角。

夏だというのにどこか冷たい風が吹き抜ける。

色あせたアスファルトの上には、大小の石、隙間から伸びる雑草、たばこの吸い殻に空き缶。僕はそんな地面でしたたかに尻を打った。

「なにするんだよ相沢！」

「なにをしてほしいですか。どうすればセンパイはあたしをちゃんと見てくれますか？」

ショートヘアーとスカートが風にそよぐ。

か細い足を鳴らして相沢は僕の方に踏み込んだ。

駐車場の入り口に向いている僕の下半身。その股の間に振り下ろされた相沢の足。

おそるおそる見上げれば、腕を組んで意地の悪い笑みを浮かべた相沢と目が合う。無邪気に笑う少女の面影はもうどこにもない。

女性が本気で怒った時男性はそれをどうすることもできない。

僕は千帆との夫婦生活でそれを学んだ。

ある意味で相沢の本音を僕は引き出した。けれど、このように本人でも制御不能な状態になっては意味がない。

僕は相沢との話し合いに失敗したのだ。

後悔が口の中に広がる。

それは生ぬるく鉄の味をしていた。

「センパイ。あたしもセンパイの趣味は知ってます。好きですよね、そういうＳＦがテーマの青春モノ。けど、現実と虚構の区別くらいつくと思ってました」

「違うんだ、相沢」

「大丈夫です、あたしは怒っていません。ただ、やられっぱなしが嫌なだけ」

それを怒っていると言うんじゃないのか。

相沢が前のめりになって僕に顔を近づける。彼女は少しだけ背伸びすると、僕の目の前にその襟元を持ってきた。痩せ細った鎖骨と薄い胸がそこから覗く。

思わず僕は目を逸《そ》らした。

「……バカ！　なにを」

「センパイってみくるちゃんが好きでしたよね。やっぱり未来人が好みなんですか？」

「何を言ってるんだよ」

「あたしの胸も見てみますか。もしかしたらあたしも未来人かもしれませんよ」

衣擦れの音と共に柔らかいプラスチックを爪ではじく音がする。

僕の首が無理矢理回される。

顔を上げさせられた僕の瞳に映るのは、さきほどよりも広くなった相沢の襟元。慎《つつ》ましやかな丘陵地が淡いピンクの布地によって覆われているのが見えた。

飾り気がないその布地から鎖骨へと伸びる紐。

それを相沢が指先で少しずらせば、胸元の肌色が大きくなる。

「どうです、あたしの胸に星型のほくろはありますか？」

「……なに言ってんだよ。意味が分からないよ」

「忘れちゃったんですか。しょうがないですね。センパイの好きってそんなに薄っぺらいものだったんですね。ちょっと軽蔑しちゃいます」

みくるちゃんは知っているし、今でも好きなキャラクターだ。

けれど、なんでそれが星型のほくろの話になるんだ。

「ほら。あたしを見てくださいよ。目の前にいる女の子が、フィクションじゃないことをちゃんと確かめて」

「……なに言ってるんだよ」

「目を閉じないで。女の子がここまでしているんですよ。センパイのためならこんな恥ずかしい行為だってあたしはできるんです。なのに、ひどいですよ」

相沢は僕の顎をわしづかみにすると、その胸を顔に押しつけてきた。

きっと僕の不用意な発言のせいだ。

相沢の心を無視した言葉と台詞《せりふ》が、彼女をまた追い詰めたのだ。

花の茎のような細い指にどうしてこんなに強い力がこもるのか。相沢の指により締め付けられた僕の口元はピクリとも動かせない。

「あたしの身体《からだ》はどうですか。綺麗《きれい》ですか。いやらしいですか。興奮しますか。千帆さんより魅力的ですか。センパイのものにしたいですか。ねぇ答えて」

「……そう。なら、こんなのはどうです？」

相沢は僕の顎から手を離す。

髪を摑《つか》まれ背中に向かって引っ張られれば、暗い天井を背景に相沢の顔が現れた。

彼女は今度はブラウスの袖をまくり、二の腕を僕に見せつけてくる。

肉づきの薄い腕には大人の女の魅力は感じない。けれど、うっすらと汗に濡れた肌に、この年齢――少女特有の神々《こうごう》しさを僕は見た。

「流石《さすが》に二時間映画の内容なら覚えていますよね、センパイ？」

「……どうだろう」

「時をかける少女。主人公の真琴《まこと》の身体には、タイムリープの残り回数を示すアザがありました。そう、ちょうど今、あたしがまくった――ここ。二の腕の裏辺りに」

今度はその二の腕を僕に向かって突き出してくる。

そしてさきほどまでと同じ口調で今度はアザは見つかったかと僕に迫ってきた。

何度見たって、どこを見たって、そんなものはない。

それは架空の世界のお話だ。

現実と虚構の区別くらいつく。

「……」

からかうなよ。

そう思った瞬間、僕は相沢の気持ちに気がついた。

僕の言葉が真剣な彼女をどれだけ傷つけたのかをようやく思い知った。

「なんとか言ってくださいよセンパイ。ねぇ、お願いですから、現実のあたしを見て」

「……相沢」

「まだ分かりませんか？　あたしの身体のすみずみまで見せないと分かりませんか？　いいですよ。それならあたしも覚悟を決めます」

腕を下ろし、僕の股間の間に踏み込んでいた脚を引く。僕の後ろ髪を握っていた手が今度は彼女のスカートをつまんだ。

ゆっくりと、彼女は黒いプリーツスカートに隠された部分に光を取り込む。

少女を守る最終防衛ラインが崩壊し、華奢な太ももとお尻の境目が露《あら》わになる――。

「相沢ァっ！」

その時、ようやく僕は声を上げた。

色あせた青い地面を眺めながら僕は彼女の名前を呼んだ。

彼女の悲痛な姿なんてもう見たくなかった。

いや違う。

僕はちゃんと、目の前の相沢と向き合わなくちゃならない。

僕たちの事情なんてどうでもいい。前のループの結末も関係ない。今、目の前で悲しい恋の終わりにむせび泣いている少女のために、心を尽くさなくちゃいけなかった。

僕はようやくそんな当たり前のことに気がついた。

「ごめんね相沢。僕は、いつだって君を傷つけて。君の気持ちから目を背けて」

「……センパイ？」

「ちゃんと見て欲しかったんだよね。思いやって欲しかったんだ。君は恋をちゃんと終わらせたかっただけなのに。僕は卑怯《ひきょう》にもそれから逃げた」

「なに言ってるんですか。やめてくださいよ……」

だったらなんで黙るんだよ。

相沢郁奈。

未来の君はきっとこんな風に傷つくのが怖くて、僕への想《おも》いを隠してきたんだ。

そして、僕もまたどこかでそんな君の弱さにつけ込んでいたんだ。

けれども今、彼女は、必死に叫んでいる。

今の自分をちゃんと見てと。

傷つくのを覚悟して彼女は僕を見てくれているんだ。

だったら、僕はそれに応えなくちゃ。

今度は間違えず、相沢の恋をきちんと終わらせるんだ。

「僕は君を見るよ。今の君を見る。相沢のことを、僕は一人の女の子として見るよ」

「……今更ですよ、そんなの」

「ごめんね。君を追い詰めるつもりも傷つけるつもりもなかったんだ。ただ、君から本当の気持ちを聞きたかっただけなんだ」

「……センパイ」

「僕がいけなかったんだ。君の気持ちを考えられなかった、優しい君に甘え続けた僕が全ていけないんだ。やっぱり僕は何も分かっていなかった」

ようやく僕は君の感情にも、僕がどうするべきだったのかにも気づけた。

ごめんね相沢。

だからこれは、今の君を見つめて言うよ。

僕は決意と共に顔を上げると相沢に鼻先を向けた。

スカートの裾をつまんでいた手は、今や彼女の涙を拭うために出払っており、狂気に歪《ゆが》んでいたその顔は、感情の滾《たぎ》りでぐしゃぐしゃにふやけていた。

空気と意味をなさない涙声が混じった彼女の吐息が僕の胸を悲しく締め付ける。

相沢をこれ以上泣かせてはいけない。

それがきっと、千帆をパートナーに選んだ僕の務めなんだ。

息を吸い、そして、声色を整える。

僕は、今の相沢が待ち望み、未来の相沢が怯《おび》えた言葉をようやく彼女に言った。

「相沢郁奈さん。ごめんね、君とはつきあえない。僕にはもう大切な人がいるんだ」

「……」

「君の気持ちに気づいてあげられなくてごめんね。応えてあげられなくて申し訳ない。けれど、君が僕にかけてくれた優しさと好意を、僕はとても感謝している。ありがとう。僕みたいな奴《やつ》をこんなにも想ってくれて。本当に嬉しいよ」

「……センパイ」

彼女は呟《つぶや》くように言った。

瞳からあふれ出た涙を拭ってしとどに濡《ぬ》れた指先を背中に隠して、彼女は優しい笑顔を僕に向けた。

その笑顔の向こう側にある想いに、僕はようやく寄り添えた。

泣きながら唇を重ねてきた少女はもうどこにもいない。

ようやく僕は過去をやり直すことができたのだ。

「ありがとうございます、センパイ。もう、あたしは大丈夫です」

「……ごめんね、君の大切な人になってあげられなくて」

「いいんです。あたしセンパイと一緒にいられるだけでいいんです。一緒にいられれば、恋人でも友達でもどっちでもよかったんです」

「どうして、君はそこまで僕のことを？」

「……はじめて、あたしをちゃんと見てくれた人だから。高校に入って、演じるのを失敗しちゃったあたしを、優しく掬《すく》い上げてくれた人だから」

「そんな、僕は何も」

相沢が首を振る。

その瞳に溜《た》まった最後の涙をふるい落とすように。

路地裏に微《かす》かに差し込む光を拾って涙が輝く。

それはもう、悲しい色をしていなかった。

「一緒にいてくれたことが嬉《うれ》しいんです。あたしが辛《つら》くてどうしようもなかった時に、貴方《あなた》は傍《そば》にいてくれました。今もこうしてあたしに寄り添ってくれる」

「僕が一緒にいたいからしただけさ」

「そういう所も、大好きです、篤先輩」

涙で濡れた手を出して相沢は僕の頬を両側から引っ張った。

最後のひとしずくを瞳から滑らせて彼女は笑う。

それは悲しい感情を全て出し切ったような、からっとした笑顔だった。

暗い駐車場に西日でも差したようだ。

まるで日向《ひなた》に咲くひまわりのように眩《まぶ》しく美しい。

「あたしのこと、ちゃんと振ってくれてありがとうございます。最後まで、女の子として扱ってくれてありがとうございます」

「感謝なんて」

「ほら。あたしはもういいですから。だから、千帆さんを——貴方が選んだ女の子を次はちゃんと見てあげてください。でないと、また怒っちゃいますからね?」

◆◆◆◆

２００７年７月13日金曜日17時39分。

僕は相沢と共に、茨木ショッピングセンター三階フードコートに到着した。

僕たちが並んでそこに入るや、一人の女の子が席から立ち上がる。

背の高いまるでモデルみたいな美少女。けれどもそれに似合わない、どこかのんびりとした顔つき。

間違いなかった。

「あーちゃん⁉」

「千帆。探したんだよ。心配させないでくれよ」

戸惑いと拒絶の色がすぐにその顔に浮かぶ。

あわててこちらに背中を向けると妻は僕から逃げだそうとする。

けれども、彼女にちゃんと向き合うと決めた僕にもう迷いはない。妻に素早く近づくと僕は背中から彼女を抱きしめた。

「やめてあーちゃん。離して」

「ダメだ離さないから。千帆、僕の話を聞いておくれよ」

「嫌よ。だってあーちゃんてば、どうせまた私と郁奈ちゃんを傷つけるんでしょ」

僕を振りほどいて逃げようとする千帆。

「センパイの話を聞いてあげてください千帆さん。あたしはもう大丈夫ですから」

そんな彼女を止めたのは相沢だった。

穏やかでそして晴れ晴れとした彼女の声に千帆が驚いた顔をする。

「千帆。相沢から君たちの関係についてはだいたい教えてもらった」

「……そう。全部知っちゃったのね」

「隠し事はもうよそう」

僕は近くにあったテーブルに視線を向ける。

クリーム色をした四角いテーブル。それを囲むように置かれた茶色の椅子を引くと、僕はそこに座るよう千帆を促した。

観念したように千帆が腰を下ろす。

はたして僕と妻は、この高校時代に残した後悔について、腹の内を全て曝《さら》け出して語り合う時間をようやく手に入れた。

「……なにから話したらいいのかしら」

「言ったでしょ、相沢から聞いているって。無理しなくていいよ」

「ううん、私の口からも説明させて。そんなけじめが私にも必要だわ。今日まで貴方を騙《だま》してきたんだから」

「……千帆」

「まずはそうね、やっぱり私と郁奈ちゃんの本当の関係についてかしら」

千帆と僕が正面に。

千帆の右隣に相沢が付き添うように座る。

いつもの元気を失っている僕の妻。

寂しげにテーブルに置かれていたその手を、相沢が優しく握りしめた。

勇気を出してという後輩の視線に励まされて千帆が顔を上げる。

ただ、やはり言い出しづらいのだろう。

何度も何度も首を振って、視線を机と僕の間で往復させて、彼女は激しく迷う素振りを見せた。

そして、ようやくダメ押しに――「もういいでしょ。早く言いましょうよ！」と相沢にツッコまれて、千帆は泣き声と共に僕に頭を下げた。

まぁ、そうね。

千帆さんってば、未来じゃ基本的にかかぁ天下で僕に謝ることないもんね。

「ごめんなさい。実はこの頃から郁奈ちゃんと一緒に高校時代のあーちゃんをからかっていたの。郁奈ちゃんにあーちゃんの秘密や、どうやったらキョドるかを教えていたの」

「ほんともうなにしてんの」

「ごめんなさぁい！　嫌いにならないでぇ！　若気の至りだったのぉ！」

真面目な空気を作っておいて、最初の告白がこんなんでどうもすみませんね。

そう。

この二人が結託してやることと言えば今も昔も一つだけ。

僕をからかって遊ぶことだ。

高校時代はさんざんに相沢にからかわれた。

大学に進学して復縁してからは、今度は千帆にからかわれた。

そして、相沢と千帆が一緒に遊ぶようになってから、そのからかいは加速度的に進化。

からかい上手が×2で迫ってきたら、そりゃ大変ってもんですよ。

なんで二人を引き合わせたのだと、それこそ僕はなにかあるたびに後悔していた。

けれども違った。

こいつら最初からグルだったんだ。

なにそれ。君たち、本当にひどくない？

そりゃ相沢のことがなくったって僕に言えないよ。

平身低頭。へにゃりとテーブルに頭をつけて泣いて謝る千帆。

おろおろと、その隣で相沢があわてふためく。

すぐに「どうすればいいですか」と相沢が僕に助けを求めてきたけれど、僕も正直分からなかった。

「まったくもう、なんでこんなことになったのさ。どういういきさつ？」

「郁奈ちゃんとはね、委員会で知り合ったの。校内美化委員。ほら、郁奈ちゃんって、少しスタートが遅かったでしょ？」

「……あぁ、なるほど」

「委員会の仕事をいろいろと教えてるうちに仲良くなって。そしたら、あーちゃんを朝迎えに来ているじゃない。郁奈ちゃんも、私がお隣さんなのに気がついて、それで」

「いや、ならんでしょ」

よろしいですかと相沢が手を挙げる。

そこはどうやら彼女がフォローできる話らしい。千帆も、これはあえて話をぼかしたんだろう。なら、言いやすい人に説明してもらおうか。

お願いできるかなと僕は相沢に目で頼む。「やめて郁奈ちゃん」と千帆は止めたが、少し心配そうな顔をしただけで、相沢はすぐに語りはじめた。

「えっとですね。そもそも最初はあたしたち、センパイをからかうつもりはなくて」

「なくて？」

「センパイの情報を共有するのが目的だったんです。千帆さんは中学時代のセンパイのことを、あたしは最近のセンパイの様子を、情報を持ち寄って交換していたんです」

「……なんのために？」

二人が急にこちらをにらむ。

そんなことも分からないのかこのスットコドッコイという顔だ。

あ、はい。そうですね。

すみません鈍い男で。

「誤解しないで欲しいけれど、私たちはフェアな関係なのよ？」

「そうです。センパイに近づけない千帆さんと、中学時代のセンパイを知らないあたし。どちらも欲しい情報を対等な立場で交換していただけなんです。別に、どっちかに遠慮するとかそういうのはなかったんですから」

「まさにウィンウィンの関係よね」

ウィンウィンじゃないよ。

僕、ぼっこぼっこに負けてるじゃん。惨敗《ざんぱい》じゃん。

「いや、それがなんで僕をからかう方向に話が行くのさ？」

白目を剝《む》いて僕はツッコミを入れる。

僕としてはまっとうなことを言ったつもりだけれど、どうやら彼女たちにも言い分があるらしい。よりいっそう顔を険しくして僕をにらみ返してきた。

「だってあーちゃんが悪いんじゃない」

「なんでさ」

「あきれた、やっぱり覚えてないのね。仲良くなってすぐ、郁奈ちゃん相手にラブコメの主人公みたいなことしてたくせに」

そんなことをした覚えはない。

ないけれど、高校時代の僕のことだからやっているんだろうな。

念のために相沢を見れば、彼女も千帆と同じ顔をしていた。

「相沢、僕ってばそんなことしてたの？」

「してましたね。ノリノリで」

「もうやだまぢむりかこのぼく」

「最初は黙ってつきあっていましたけれど流石《さすが》に腹が立ってきて、なんかできないですかねって、ちょっと千帆さんに相談したんですよ。それが気づけばこんなことに」

「ごめんなさい。ぼくがわるうございました。こうこうじだいのぼくにかわってしゃざいさせていただきます」

身から出た錆《さび》だったか。

高校時代の僕がろくでもない奴《やつ》なのは最近知ったが、やはりやらかしてたか。

いらんことしなかったら、かわいらしい青春同盟だったんだな。

なのに僕は眠れる獅子《しし》の尾を踏んだ——。

やっぱり自業自得《じごうじとく》だよ。

とほほ、こりゃ千帆にえらそうに言えないや。

「えっと、とにかくそういうわけで、センパイを想《おも》う気持ちは二人とも本物なんです。あたしも、千帆さんも、本気でセンパイがその……」

「……相沢」

「つまりですね。あたしたちは、センパイからかい同盟でもあり、センパイ大好き同盟でもあるっていうか。同じ人を好きになった女の子同士、分かり合える部分があったっていうか。えっと、なに言ってんでしょうね、あたしってば」

ぷすりぷすりと相沢の頭から湯気が立ちのぼる。

ふにゃふにゃとなにやら呟《つぶや》いて、彼女は顔を押さえると席から立ち上がった。

そのまま僕たちが止めるのも聞かずにフードコートを立ち去る相沢。

僕と千帆。少し気まずい夫婦二人が、そこに残されてしまった。

「恥ずかしかったのね。仕方ないわ。郁奈ちゃんってシャイだから」

まだどこか、いつもの明るさが戻っていない千帆が俯《うつむ》いたまま僕に言った。

「そんな素振り、少しも感じなかったけれどな」

「そうよ。好きな人のためなら、誰だってちょっと背伸びくらいするでしょ？」

「…………」

「普通ね、恋のライバルに情報を渡すなんて絶対にしないわよ。なのに郁奈ちゃんは、私が可哀想《かわいそう》だって協力してくれたのよ」

「……千帆」

「私たちの間にはね、別に告白しちゃいけないとかそういう約束はなかったの。機会があれば、する気になれば、いつでもあーちゃんに告白してよかったの」

「そうだったんだ」

「けど、郁奈ちゃんは告白できなかった」

「うん」

「あーちゃんと一緒にいられるだけで十分だって、卒業式の日に泣いて私に言ったのよ」

上目遣いに妻がこちらを見つめてくる。

僕の感情を探るような千帆の瞳。けれども、それは僕のご機嫌うかがいなどではない。

男として大切な資質を、僕は妻に見定められているように感じた。

「ごめんね、あーちゃん。ずっと黙ってて」

「謝らなくて大丈夫だよ。むしろ、僕の方こそ気づいてあげられなくてごめん」

「私もね、本当のことを言うと忘れてたの。郁奈ちゃんのことをあーちゃんから聞いて、それでやっと思い出したわ。だから偉そうなことなんて何も言えない」

「けど、君は相沢のために動いたじゃないか」

「自己満足よ。私がもし郁奈ちゃんだったらって考えたら、決して叶《かな》わない恋をし続ける勇気を持てなかったの。それならいっそ、最初から優しくしてくれたらいいのにって」

「どうして、そこまで相沢のことを？」

「郁奈ちゃんは貴方《あなた》と結婚できなかった私よ。自分の気持ちを伝えられなかった、そんな自分のもしもの姿なの。だから……」

「ごめん」

「謝るなら！　郁奈ちゃんにでしょ！　バカァ！」

妻の言葉が胸に染《し》みる。

まったくその通りで何も言い返せなかった。

やっぱり、僕が悪かったのだ。

高校時代の僕がはっきりしなかったのが彼女たちをここまで苦しめた。

そしてこのタイムリープを必要以上に複雑な性質のものに変えてしまった。

ふと、妻の手の横に水色の携帯電話が置かれているのに気がついた。高校時代にお目にかかることはなかったそれには、まだ真新しいプリクラが一枚貼られている。

思い出した。

そのプリクラを僕は未来で見ている。

てっきり、大学に入ってから撮ったモノだと思っていたよ。

二人の女子高校生が笑うそれ。

笑顔で同じポーズを決める二人の下には、それぞれの名前がローマ字で書かれている。

ピンク色の『ＣＨＩＨＯ』。

そしてグリーンの『ＫＡＮＡ』。

それは彼女たちがこの時代に作った友情の証《あか》しだったんだ。

過去に戻らなくても気づくことはできたのだ。

「本当にごめんね。もっと僕が気の利《き》く男だったらよかった」

「……いやよ、そんなあーちゃん。きっと楽しくないわ」

「けど、許せない気持ちがどこかにあるんだろう？」

「……こんなの、すぐにどうこうできる方がおかしいわ。時間をちょうだい」

分かった。

そう頷《うなず》きかけた所に、「待ってください！」と声がかかる。

沈黙にメスを入れたのは——千帆の年下の友人。

離れた場所で顔の火照《ほて》りを冷ましながらも話は聞いていたのだろう。彼女は急いでテーブルに戻ってくると、俯く僕らの間に割り込んだ。

「せっかくあたしが身を引いたのになんで険悪な感じになるんですか。こんなの、あたしが振られ損ですよ。認めませんからね、そんな悲しい結末」

「相沢」

「お二人はタイムリープしてきているんですよね。二人とも既に一度、明日は経験しているんですよね」

「そうだけれど」

「だったら、お詫《わ》びとして一日くらいあたしにくれても問題はありませんよね？」

僕たちの前で、相沢はいたずらっぽい笑みを浮かべる。

何をするのだろう。けれどもそれをたずねる権利は、僕にも千帆にもなかった。

２００７年７月13日金曜日18時１分。

推理した通り、僕が相沢との関係を整理したことで、千帆が時間を巻き戻す必要はなくなった。新たなループは発生する素振りもなく、とりあえずの危機は去ったようだ。

まだ多少の不安と不満が千帆の中にはあるように感じる。

それに、タイムリープのトリガーについても分かっていない。

けれども今は、ようやくたどり着いた「僕と千帆にとって理想の過去」と、僕たちが愛した後輩の言葉を信じることにした。

◆◆◆◆

２００７年７月14日土曜日11時47分。

京都四条寺町通《しじょうてらまちどお》り。

僕は千帆たちとの待ち合わせ場所に向かって京都の街並みを駆けていた。

スクランブルの横断歩道を渡り、四条通りを挟んで向こう側へ。

少し歩いて、通りと通りを繋《つな》ぐ小道から新京極《しんきょうごく》へ。

学生服の少年少女たちでごったがえしているそこで、僕は千帆から伝えられた怪しい名前のお店――京都夢能力開発センターを探した。

「うおっ、本当にあったよ」

意外にも新京極の一等地。

そして、普通のオフィスのような門構えをした謎のお店。

その入り口に浴衣《ゆかた》の美少女二人の姿が見えた。

淡い桜色の浴衣に身を包んだ千帆と、空色の浴衣に身を包んだ相沢。見ようによっては美人姉妹にも見える二人は、僕を発見するとすぐに頰を膨らませた。

「おそいよあーちゃん。ナンパをかわすの大変だったんですけど」

「そうですよセンパイ。繁華街で女の子を待ちぼうけさせるのはよくないですよ」

「いや、ごめんごめん」

今日は相沢提案の祇園祭《ぎおんまつり》デート。

名称は分からないけれど美少女アニメでよく見る、男一人に女二人のうらやまけしからんデートをこれから僕たちはするのだ。

しかも、未来の妻とその親友という背徳的な奴を。

それが無作法な失恋で傷つけてしまった相沢へのお詫びだった。

いわゆる謝罪デートだ。

「まぁ、正直タイムリープ云々《うんぬん》については半信半疑ですが、お二人の勝手な恋愛模様のおかげであたしはたいへん傷つきました。なので今日一日、センパイとＮＴＲデートすることで帳消しにしてあげます」

「NTRデートって。いやだ相沢さん、もっと言い方なかったの……」

「はい、寝取られセンパイは黙ってください」

はい、黙ります。

僕を沈黙させた相沢が千帆を見る。いたずら心溢《あふ》れる後輩の表情に千帆が怯《おび》えた。

「千帆さん、覚悟はよろしいですか？　センパイとあたしのイチャイチャを、見せつけられる心の準備はできました？」

「やめてよぉ。郁奈ちゃん、意地悪しないでぇ」

千帆ってばまた弱気スイッチ入ってる。一度崩れると脆《もろ》いな。

こほんと相沢が咳払《せきばら》い。

「冗談ですよ。三人で仲良く祇園祭を回りましょう。仲直りデートってことで」

「……郁奈ちゃん。やだ、なんて優しいのかしら」

千帆がほろほろと涙を流す。一方で僕は微妙な心境だ。

「なんでそのやさしさを、ふだんのぼくにはみせてくれないの、あいざわさん」

「それはセンパイがクソラブコメ主人公で、千帆さんがあたしの理想の女性だからです。あたし、千帆さんみたいなお姉ちゃんが欲しかったんですよ」

てへりと舌を出して相沢は頬を赤らめた。

はい、僕も千帆も納得いたしました。険悪な感じになった僕たち夫婦の仲をとりもってくれてありがとうございます。持つべき物は、よくできた後輩ですよ。本当に。

ありがとね。

「というわけで、今日一日だけ、センパイはあたしと千帆さんの共同彼氏です。はい、センパイ腕を出してください」

「え、嫌な予感しかしないんだけれど」

「いつもやってるんだから良いじゃないですか。恋人なんだから腕を組みましょう」

僕の腕を無理矢理掴《つか》んで相沢が引っ張る。コアラのようにそれにしがみつくと彼女はむふーと満足そうに笑った。

「ずるいずるいずるーい！　私だってあーちゃんと腕組みたいのに！」

「千帆さん、気づきませんか？　センパイの腕は二本あるんですよ？」

「……そうか！」

そうかじゃないよ。

空いている僕の腕を見据えて、千帆が目を光らせる。

「あーちゃん覚悟ぉー！　恥ずかしい格好にしてやるー！」

「全員もれなく恥ずかしいから！　やめようよこんな悪目立ちすること！」

気合いを入れて千帆が僕の腕に手を伸ばす。

相沢と同じように千帆もまた僕に自分の腕を絡《から》めてきた。

「うわぁ、アニメや漫画の奴《やつ》だこれ。凄《すご》い。実際にやるとこうなるんだ。へぇ、とっても歩きづらーい」

なんていうかモテてモテて申し訳ないって感じじゃない。お願い勘弁してって感じ。

なんかこういうお話あったよね。離した方が逆に優しいみたいな感じの。

けど、絶対に離してくれないんだろうな。

千帆と相沢だし。

「もう。センパイってば、そんなデートを盛り下げること言わないでくださいよ」

「そうよあーちゃん。せっかくの郁奈ちゃんの厚意を無駄にしちゃダメ」

厚意ですかね。

やっぱりからかいの間違いでは。

「……本気でこれで行くの？　いろんな意味で歩きづらいんだけれど」

またまた、嬉しいくせにと千帆が僕の頬を突《つつ》いてくる。

嬉しいなんてことあるかい。

めちゃくちゃ周りの人から見られているよ。

恥ずかしい。

よくラブコメの主人公はこんな世界で生きられるよね。僕には無理です。

「さぁ、センパイ行きましょう！　このまま祇園祭にレッツゴォー！」

「やるわよあーちゃん！」

そう言って、かしましい恋人二人が僕の手を引く。

「なんでそんなノリノリなのよ君たち！」

仲良しか。恋敵なのに仲良しか。まったく。

あと、さっきからやたらとリアルな肉感が腕に伝わってくるんですが。

すべすべさわさわ。

もちもちたわたわ。

いや、これもまた漫画やアニメなんかでよくある奴だけれど。祭り回で浴衣が出たら鉄板なネタだけれども。

ネタはネタとして、事実と混同してはいけないというか、その。

「あのね、郁奈ちゃん。私、胸が大きいから、あまり浴衣って着ないんだけれど。これ、本当に大丈夫かな？」

「大丈夫ですよ。全然着崩れしていないし、見えていませんから」

見えるって何が？　普段着てない浴衣だから、下着的なものが見えないか不安なんだよね？

そうだよね、千帆。相沢。

え、ちょっと待って。

「……やぁ、あーちゃん、そんなまじまじ身体《からだ》を見ないで。恥ずかしいじゃない」

「流石《さすが》になんていうか、あたしもやっちゃったかなって、少し反省してます」

君たちこの感触って――。

「二人とも、まさか！」

そっと彼女たちは僕の耳に唇を近づける。

きっとこれも段取りの内なのだろう。二人は甘ったるく少し不安そうな声で、僕に浴衣の中の真実をささやいた。

◆　◆　◆　◆

休日ということもあって祭りの中心である四条烏丸《からすま》は人でごった返している。波のような人の群れにもかかわらず、コンチキチンと祇園囃子《ぎおんばやし》が絶えず響いており、うだるような暑さの真夏の京都と人々に活気を注ぎ込んでいるようだ。

道行く人たちは誰も彼も祭りの空気に酔っており、大通りから延びる細い通りに入っては、目玉である山鉾《やまほこ》や出店の前に群がっていた。

たいそうな賑《にぎ》わい。

とはいえ祭りの本番は宵々山《よいよいやま》と宵山、そして山鉾巡行《じゅんこう》だ。

また、本格的に人が集まってくるのは、大通りを歩行者天国にする18時——つまり夜になってからだ。

まだ本番前の予行練習のようなもの。

しかしそれがなかなかどうして侮《あなど》れない。

僕と千帆、相沢の三人は、そんな祭りの波の中に混じると、ハレの日の空気にどっぷりと浸《つ》かった。

親に前借りしたお小遣いと、辞書の間に挟んでおいたお年玉を惜しげもなく使い、僕たちは好きな物を食べ、遊び、時々立ち止まり休んでは、京都の街を歩いた。

「この頃は宵々山でも歩行者天国をやってたんだな」

「だねぇー。今じゃ考えられないねぇー」

僕と千帆の会話にきょとんとした顔をする相沢。

ふと漏らした未来の情報に彼女は半信半疑という様子だった。

「え？　未来だと宵々山は歩行者天国じゃないんですか？」

「そうよ。時代の流れよねぇ。出店も宵々山じゃやらなくなっちゃったし」

「そんな。ちょっとそれは、さみしいですね」

そうかもしれない。

「けど、街も人も変わっていくものだからね」

僕は相沢に諭すように言った。

変わらないものなんてないのだ。

僕も、千帆も、そして相沢も、時間と共に何かが少しずつ変化していく。人間の集合体の街も同じ。僕たちはそんな変化を許容していくしかない。

それが人生というものなんだ。

頭が痛くなるようなことを言ったからだろうか、重苦しい空気が僕たちを包んだ。近くにあったボールすくいを指さして競争しようと僕は誤魔化す。

うん。

とんだ赤っ恥だ。

やめときゃよかった。

千帆と相沢の「やらかしましたね」という視線がほんと痛かった。

そんなこんなで、あっという間に時刻は17時を回ろうかという頃。

僕たちはほぼ半日かけて祇園祭を楽しんだ。

道の端にある縁石に腰掛け、帰る前にちょっと一休み。自販機で買ったジュースを飲みながら、僕たちはしばし祭りの空気に耳を傾けていた。

いよいよ本番の夜に向けて活気がみなぎる四条烏丸。

「あの人混みの中に今から突っ込んでいくのは勇気がいるよね」

祭りの目玉である山鉾の周りには、昼の倍は人がひしめいている。人の波はその濃さを増して、何か巨大な生命体のようにも見えた。

「くたくたー。あーちゃん、おんぶしてぇ」

「あ、いいですね千帆さん。センパイ、あたしもお願いします」

君たち甘え方がえげつないよね。幼稚園児でもまだ遠慮するよ。

まぁ、今日は償いの日でもある。

これは背負うしかない流れかな――。

半ば本気で思ってから、僕は自分の脚が棒みたいなこと、千帆を担《かつ》ぐなんて今のヒョロチビガリな僕にはできないことを冷静に悟った。

「残念ながら、君たちの彼氏にはそんな筋力ありません」

「えー。ちょっとあーちゃん、それはひどいよぉ」

「無茶言わないでよ。僕もヘトヘトなんだからさ」

すると、なぜか千帆じゃなく相沢の方が深いため息を吐き出した。

「がっかりです。期待させておいて、それはひどくないですか?」

「郁奈ちゃん、これが勝手な男って奴よ。気をつけてね」

「女のわがままと違って、男のわがままってどうしてこう、情けないんですかね」

ひどくね?

辟易《へきえき》する僕に、悪い笑顔を向ける千帆と相沢。もうすっかり二人とも元通りだ。

流石は未来の名コンビ。

過去に戻っても華麗なコンビネーションだ。

少しは手加減して。

まぁ今日は一日、僕は君たちの彼氏でおもちゃだものね。とことんつきあいますよ。

その時、ひんやりとした感触が、後ろに回していた僕の手に伝わった。

女の子の手がそれを握りしめている。

浴衣は水色。白抜きで草花の模様が描かれていた。

相沢は顔を赤らめながら、震える指先を僕の手の甲に重ねた。

いつものように、僕をからかっているようには見えない。

彼女の瞳にはオレンジ色の太陽が静かにたゆたっていた。

「センパイ、あの」

「相沢？」

「よかったら、駅まで手を繋《つな》いでいただけませんか？」

真剣な顔で男にねだることがそんな些細《ささい》なものでいいのだろうか。

けなげな相沢のお願いに僕の心はゆれた。

千帆を見れば、彼女は黙って僕たちに頬を向けている。

かわいい後輩が僕に甘えるのを遠慮しているのに気づいていたのだろう。

だから今日という日の終わりに、全て不問とでもいいたげに、千帆は視線を僕たちから逸《そ》らしたのだ。

ありがとう、千帆。

妻の相沢への想《おも》いを、僕はまた思い知らされた。

相沢の小さな左手を僕は優しく握りしめる。吐息に合わせて震える指先を、僕の無神経さで傷つけないよう慎重に指を絡《から》めた。

「分かった。手を繋いで駅まで行こう」

相沢の表情が花が咲いたように明るくなる。

「……ありがとうございます！」

「他にも、僕にして欲しいことはないかい？　遠慮せずに言ってごらんよ？」

「……え？」

「いいからさ。ほら、今日は祇園祭だから。特別な日だから」

正確には宵々山。

ちっとも特別な理由にならない。

臆病な相沢をたきつけるには少し弱かった。

だが、今日一日だけは、僕は千帆の旦那ではなく、高校二年生だった鈴原篤なのだ。

そして、相沢郁奈の彼氏なのだから。

こんな、気が利《き》いているのかいないのか、微妙な台詞も口にするさ。

相沢は何度か考え込み、それからようやく決心したように僕の方を見た。

「じゃあ、名前で呼んでもらっていいですか？」

「分かった、郁奈？」

「あ、えっと。そこは郁奈ちゃんで」

「遠慮しないでよ」

「違うんです！　そう呼んで欲しいんです！　個人的に！」

「……分かった、郁奈ちゃん」

「……はい！　篤先輩！」

千帆の肩が少しだけ震えた。

どんなに空気に徹しようとしても、その台詞《せりふ》にだけは反応してしまったようだ。

名前に先輩をつけて僕を呼べるのは、郁奈だけだもの。

そんな特別な呼び方が千帆にはうらやましかったのだろう。

郁奈が僕の指先を強く握りしめる。

僕と郁奈は並んでこの儀式が終わるのを待ってくれている千帆を見た。「ありがとうございます」と、僕の隣の恋人が満面の笑みを顔に浮かべれば、一時的にその場所を譲った幼馴染《おさななじみ》は、少しさみしそうに笑った。

千帆が僕たちに背中を向けて「じゃあ行こっか」と言う。その左手に握られてゆれるキリンレモンのペットボトルに、僕はなんとも言えない千帆のいじらしさを感じた。

妻はきっと駅に着くまで振り返らないだろう。

それが僕の妻――千帆という女の子なのだ。

祭り囃子《ばやし》がいよいよ濃くなり、それに合わせて人の声も大きくなる。

祇園祭の中心地に向かって、僕と郁奈は歩き出した。

◆◆◆◆

「駅まで大丈夫です。ありがとうございましたセンパイ」

「いいのかい、郁奈ちゃん？」

ふるふると郁奈は首を横に振った。

名残を惜しむようにゆっくりと彼女は僕の手から指をほどく。

そして、その手を胸の前に当てて優しく微笑《ほほえ》んだ。

もう十分、これ以上は申し訳ない。そんな風に身を引いた彼女の手を僕は捕まえようかとも思った。けれども僕の手が動くより早く、相沢が千帆の方を見ていた。

僕たちの邪魔にならないように少し離れた所に待機していた妻は、年下の友人の視線に気がつくとこちらに近づいてくる。

すると、相沢が妻の手を取りちょっと強引に腕を組んだ。

妻の腕を抱いたまま彼女がこちらを振り返る。

べぇと舌を出し、空いている手で下瞼《まぶた》を引っ張る。

えっと……。

これはいったいどういうこと？

「ここからは千帆さんに恋人役をお願いしますね。さぁ、センパイ。本当の報いを受ける時がきましたよ」

「いやだわ郁奈ちゃんってば。そんな、私はあーちゃんの妻なのに。こんな風に情熱的に腕を組まれたら、その気になっちゃう」

「残念でしたねセンパイ！　後輩が女の子だから寝取られないと安心してましたか！　ここまでのデートは全て演技！　あたしの本命は、千帆さんだったんですよ！」

うわぁ、元気いっぱい。

なんだか恋する乙女っぽいムーブが全部台無しだ。

いや違うか。

千帆にとって相沢が大切なように、相沢にとっても千帆は大切なんだ。

僕との関係を壊したくなかったように、千帆との関係も相沢は壊したくない。

だから、おどけたフリで彼女は千帆に近づいたのだ。

えへへと笑って千帆と抱き合う相沢。彼女の頭を撫《な》でながら、千帆はいたずら好きの子供をあやす母のような顔をした。

「郁奈ちゃん。私、女の子同士ってよく分からないけれど、それでも大丈夫かしら？」

「任せてください、あたしがリードします。あたしもさっぱりですが」

もういいでしょそのノリ！

「あぁん、千帆お姉さま」

「郁奈ちゃん、貴方《あなた》に涙は似合わないわ。だらしないあーちゃんに代わって、私が貴方を幸せにしてあげるからね」

お互いの手を握りしめて見つめ合う千帆と相沢。

ただの友達なのにね。

おかしいね。

「……なんかまじでしんぱいになってきたからそろそろかんべんして」

仲良し先輩後輩の絆《きずな》はここに完全復活していた。

そして彼女たちは僕にさっそく死体蹴りのようなからかいを浴びせてくるのだった。

罪滅ぼしにつきあったのにひどい。

「ふふっ。そろそろやめておきましょう千帆さん。センパイが泣いちゃいます」

「そうね、あーちゃんてば他人に平気でひどいことするくせに、自分がやられるとすぐにしょげかえっちゃうものね」

そうしていただけるとたすかります。

思いがけない展開にぐったりと肩を落とす僕。

そんな僕の腕をひょいと相沢が取り、自分の方へと僕の身体《からだ》を引き寄せた。

阪急烏丸駅の改札前。

祭りの渦の中心で僕と千帆は相沢の手によって引き合わされた。

僕と千帆の手を握らせて、そっと相沢は僕たちから距離をとる。「えへへ」とはにかんで、相沢は人の波の中へと分け入った。

「あたしは十分楽しみました。だから、後はお二人で祭りを楽しんでください」

「……相沢」

「……郁奈ちゃん」

「それではどうぞごゆっくり。センパイ、くれぐれも高校生だってことを忘れちゃダメですよ？　変なことしちゃダメですからね？」

「「しないよ！」」

ませた言葉を残して相沢は姿を消した。

ごゆっくりって。

今日はもう四条烏丸を歩き回ってくたくただっての。

そんなことを思ってげんなりしていた僕の腕を控えめに誰かが引いた。

「千帆？」

「……よかったら、郁奈ちゃんの言葉に甘えない？」

まるで大理石の中から彫り出された女神像のよう。

生まれた時から完成していたような整った肉体。

同性さえも熱いため息を吐《つ》く美しい少女は、恥ずかしげに僕の腕を抱いていた。

ゆっくりと、彼女の薄桃色の手が僕の指に絡んでいく。

あまりにも手つきが優しく、そして怯《おび》えていたので、指の間が彼女で満たされるまで僕は一言も声を出せなかった。

激しい祇園囃子とともに降り注ぐ彼女の視線から、僕は言葉にできない気持ちを確かに受け取っていた。

彼女の手を握り返す。

丁寧に。

けれど力強く。

「そうだね、行こうか。せっかくだから」

「……うん」

「それに、ちょうど君と二人きりで話したいこともあったんだ」

「二人きりで？」

「うん。分かったんだ、このタイムリープの謎がさ」

はっと目を見開く千帆。

その腕を優しく僕は引き寄せる。

少し不安そうにする彼女に「大丈夫だよ」とささやいて、僕たちは一緒に歩き出した。

目指すは京都市内の恋人たちが夜に向かう場所。

――鴨川《かもがわ》。

回答編

No matter how many times I go back in time,
I fall in love With you again.

ANSWER

四条烏丸《しじょうからすま》に向かう人の波に逆らって僕と千帆《ちほ》は進んだ。

四条大橋に出れば東の空は薄暮の落ち着いた闇に染まっている。

遠く八坂《やさか》神社のさらにその先、暗い夜空には微《かす》かに星が輝く。

交番横の階段から鴨川《かもがわ》に下りれば、そこには既に夜空を眺めて寄り添うカップルたちが等間隔に並んでいた。

休日とあって昨日より人は多い。

祇園祭《ぎおんまつり》の賑《にぎ》わいも京都の恋人たちの恋愛模様にはそこまで影響しないようだ。

「混んでるね」

「ゆっくり行こう。こうして二人で歩くのも嫌じゃないだろう?」

「……うん。嫌じゃないよ」

とはいえ大通りと比べれば、河原の人通りはまだ少ない。

肩を並べて歩ける程度には余裕ができたので、僕たちは一度手を離すと横に並んだ。

千帆が鴨川側。

僕が繁華街側。

遠くに見える三条大橋に向かって僕たちは歩き出す。

ごつごつとした土手を踏みしめる足裏は少し痛い。けれども何か妙な現実感が得られて悪い気はしなかった。

「あ、ほら、ちょうど良い感じにカップルがどいてくれた」

「本当だ。ラッキーだね」

土手の中程にいた大学生くらいのカップルが立ち上がる。たぶん、これから食事にでも行くのだろう。鴨川沿いに座る恋人たちの入れ替わりはそれほど悪くはない。

幸運に感謝しつつ僕たちは鴨川の河原に腰を下ろすことにした。

最初のループとは違うハンカチを差し出せば、ありがとうとそれを妻が受け取る。

代わりにと、彼女も真新しいハンカチを浴衣《ゆかた》の袖の中から取り出し僕に渡す。

浴衣に合わせた、薄紅色の木綿のハンカチ。

お尻に敷くには少しもったいなかった。

京都烏丸界隈《かいわい》を一日歩き回って疲れ果てていた僕たちは、土手に座ると駆け引きも何もなくすぐに肩を寄せ合う。

お互いの鼓動や息づかいを近くに感じながら視線は遠く東の空を眺めていた。

おあつらえ向きにまたたく星の光にロマンチックな言葉を探すが、視界の冴《さ》えと相反して脳はすっかりおねむ。疲れ切っているのかなかなか良いのが出てこない。

楽しかったね。

つかれたね。

そんな言葉を交わしながら、僕たちはこの後の大事な話に向け小休止した。

「いいのかしらこんなことしていて。未来に帰れなくなっちゃうかも？」

「今だけは、もう少しだけ未来にも過去にも行きたくないな」

千帆が遠慮がちに肩をゆらす。

ほんの少しだけ彼女を強く感じられるようになった。

「今日はありがとう、あーちゃん。ううん、昨日もだね」

「……うん。まぁ、僕が全部悪いんだけれども」

「安心して。私の目が黒いうちはもう郁奈ちゃんにひどいことなんてさせないから」

気まぐれに妻の顔を僕は覗《のぞ》こうとした。

すると、ちょうど同じタイミングで千帆も僕の方を向く。

やっぱり夫婦だからかな。心が通じ合っている。

すぐにも彼女をもっと近くに感じたい。

けれど、僕たちはここに大事な話をするためにやってきた。

僕は妻への想《おも》いをぐっと堪《こら》えると、いよいよタイムリープについての話を切り出した。

「千帆。落ち着いて聞いて欲しい」

「……うん」

「この一連のタイムリープの原因。というよりも、それを引き起こしているのが誰なのか分かったんだ」

千帆が苦笑いを顔に浮かべた。

もったいつけなくてもいいのにと、彼女は既にそれを知っているような様子だった。

なんとなくそんな気はしていたんだ。

僕は呼吸を整える。

その前で妻の瞳が静かにそして悲しげに瞬《またた》いていた。

「千帆。君だ。君がタイムリープを引き起こしている」

「……うん」

そこからは、志野《しの》さんと話した内容と同じだった。

千帆は僕の話を、素直にそして黙って受け入れてくれた。やはり、彼女の中でこのタイムリープへの理解はある程度済んでいたのかもしれない。

とはいえショックなのだろう。話を聞きながら、彼女は一度も僕の顔を見なかった。

「さて、タイムリープを発生させるトリガーについてだけれど」

「……トリガー？」

ここから先は、志野さんに託された僕だけにしかできない推理だ。

いったい何をトリガーにして、このタイムリープは発生しているのか。

「私が時間を戻したいって思うだけじゃないの？」

「そんな簡単な条件ならもっとループが頻繁に起こるよ。それに、自由に使えるから千帆もすぐに気がつくはずだ。実際、千帆も試してみたんじゃないか？」

「……知らない」

千帆の望むタイミングで過去に戻れたならどんなによかったろう。使いたい時に発動しないからこそ、僕たちはここまで超能力に振り回されたんだ。

能力が発動するには明確なトリガーがある。

そして、ループが発生した状況と発生しなかった状況を比較することで、それはようやく浮き上がってきた。

ループが発生した直前に、千帆は共通する行動を取っていたのだ。

おそらく――。

「千帆、君の怒りが原因だ。我慢できないほどの強い怒りがトリガーなんだ」

「……怒り？」

「一周目も二周目も君は僕に怒っていた。それも尋常じゃない――こんな状況じゃなかったら、しばらく口を利《き》きたくないくらいにさ」

その根拠を千帆はたずねてこない。

彼女が怒っていたかどうかなんて、そんなのは彼女の心の内でしか分からないことだ。彼女が認めるより他にそれを証明する術《すべ》はなかった。

嘘《うそ》だ。

千帆と一緒に夫婦生活を営んできた僕は、彼女が本当に怒っているかどうか、判別する術を持っていた。

それは、彼女の些細《ささい》な表情の変化を読み取るというような高度なものではなく、また、テレパシーのような非科学的なものでもない。

もっと単純な経験則からくるものだった。

千帆は僕を許せないほど激怒すると「もうしらない」と言う。

どのループもそれが発生する直前に、彼女はこの言葉を呟《つぶや》いていた。また、僕はその言葉の奥に、確かに彼女の怒りが臨界点を突破したのを感じていた。

千帆はとんでもなく怒っていたのだ。

僕が高校時代のことを忘れていた時にも。

相沢のことをちゃんと見ていなかった時にも。

そして、その二回の繰り返しを経て彼女はトリガーを把握したんだ。

だからこそ彼女は、必死に自分だけでなんとかしようとしたんだ——。

誰にもそれを知られたくなくて。

「……そっか、そうだよね」

「やっぱり気づいていたんだね？」

千帆は無言で俯《うつむ》くと、いつだったかのように暗い川面《かわも》を眺めた。

その薄紅色の唇が夜桜のように妖しくひらめく。

「ごめんなさい、あーちゃん。貴方《あなた》のことを責める資格なんて私にはないわ。人生やり直しだなんて言いながら、私が何度も時間を巻き戻していたんだもの」

「……いつから気づいていたんだい？」

「疑ったのは一周目のループ。確信したのは二周目よ。だってそうでしょう。私がこんなの嫌だって思ったその瞬間、時間が巻き戻ったんだもの。気づかない方がおかしいわ」

「なんで僕に相談してくれなかったんだい？」

「怖かったの。だって、もしそうなら全部私のせいだもの。私が人生をやり直したいって願ったから、こんなことになっちゃったのよ」

「そんなの別に」

「嫌よ。だって、私、あーちゃんのことを愛しているもの。愛しているから、こんな二人の関係を疑うようなこと、貴方に相談なんてできないわ」

彼女は膝を抱えてその中に弱音を吐き出す。

まるで、自分がいけないのだと言いながら、ちっともそれを認めていないように。自分を上手《うま》くコントロールできず拗《す》ねてしまった子供のようだった。

それを僕は嫌だとは思わない。

そんな風にいじけてしまうのも千帆の魅力だ。

けど、夫として一つだけ言わせて欲しい。

「千帆」

「……なに、あーちゃん」

「バカだよ、君は。そんなことで僕が君を嫌いになるはずないだろう」

そんなに不安なら素直に相談してくれよ。

僕たちは、今までにもそうやって危機を乗り越えてきた夫婦じゃないか。

「夫婦なんだよ。困っているなら、もっと話し合おうよ」

お互いの不安も、不満も、不幸も、不足も。

ちゃんと話して、二人で補わなくちゃいけなかったんだ。

タイムリープというトラブルの中だからこそ、僕たちには対話が必要だった。

苦難を乗り越えるために。

力を合わせてそれに挑むために。

「君が僕に察してくれと願うように、僕も君に信じてくれと願うよ」

「……あーちゃん」

「信じて、千帆。メールにも書いただろう」

「……うん」

「僕は君の言葉を絶対にないがしろにしない。君が僕を信じて言ってくれたことにちゃんと向き合う。僕は、愛する君が望むなら、たぶんなんだってやってみせるさ」

ほろりと妻の瞳から涙がこぼれ落ちる。

物悲しい嗚咽《おえつ》をあげて彼女が僕に抱きつく。堰《せき》を切ったように瞳から落ちる涙が、僕の肩を温かく濡《ぬ》らした。

妻の肩を抱き、背中を撫《な》でる。

彼女の言葉にできない不安を心で受け止めて僕は黙って妻に寄り添った。

「……ごめんね、あーちゃん、ごめんね。こんなダメなお嫁さんで」

「僕だってダメな夫だ。けれど、それを補い合って生きていくんだって、僕たちは誓ったんじゃないか」

「そうよね。ごめんなさい、私ってば大切なことを忘れていたわ」

「僕だって同じさ。僕も君を信じて言葉をかけられなかった」

「……私も、貴方の不安にちゃんと気づけなかった」

結婚する時に僕たちは約束した。

「言いたいことはなんでも言おう。お互いのやりたいことに協力的な夫婦を目指そう」

その言葉を、いつしか僕たちは見失っていた。

長い夫婦生活の中で、夫婦にとって一番大事な気持ちが、いつの間にか薄れていっていたのだと思う。

だから、僕たちはここまで苦しんだのだろう。

もう大丈夫だ。

大切なものを取り戻した僕たちは、きっとタイムリープを乗り越えられる。

たとえそれが、どんなに困難な道だとしても。

めいっぱい泣きはらし、涙を涸《か》らして恥ずかしそうに顔を赤らめる千帆。

いつしか彼女の顔には、僕のことを強く求める色が滲《にじ》んでいた。

ねだるようなその表情に恥をかかせまいと、僕はダメな夫の情けない心臓を高鳴らせて二人の距離をゆっくりと縮める。

野暮な言葉を吐くより早く僕は唇を塞ぐ。

軽く。

優しい。

はじめてお互いに触れるような、繊細なキスを僕は千帆と交わした。

妻を強く求めようとは思わなかった。今はその距離を埋めることよりもお互いを信じることの方が大切なように思えた。

それこそ、僕たちがつきあいはじめた時のように。

「キスの仕方もすっかり高校生に戻っちゃったね」

「かまってあげられなくてごめんね」

「本当よ。もっといっぱいキスしてくれていたら、私こんなに不安にならなかったわ」

「少し、元気になったみたいでよかったよ」

「……バカみたいだね、私たち」

「……それぐらいがカップルはちょうどいいんだよ」

川上から騒がしい風が吹いた。

急《せ》かされるように唇を離せば、名残惜しく僕らはお互いを見つめ合う。

それから、どちらからともなく吹き出した。

このバカみたいな二度目の青春の真実を僕たちは心の底から笑い飛ばした。

「……どうする、あーちゃん。続きする？」

「したいけどしない。まだ、タイムリープは続いているからね」

「長い戦いかもしれないけれどつきあってくれる？」

「いいさ、いくらでもつきあうよ。夫婦じゃないか」

「……もう、かっこつける所かしら」

黙り込んだ僕に千帆がジト目を浴びせる。

けれどすぐに、しょうがないわねと微笑《ほほえ》んで彼女は——まるで獲物を狙うとんびのような素早さで僕の唇を軽やかに奪った。

「……なんだよもういきなり」

「頑張ったあーちゃんにご褒美《ほうび》」

「君がしたいだけだろう」

「ええ、そうよ」

本当に僕の千帆は強くてかわいらしい最高の奥さんだ。

けれど、彼女の中に眠っていてこんな時にひょっこり出てくる、ちょっと不安げで繊細な少女の部分を、僕は愛おしくも思っていた。

彼女を僕はこれからも守っていきたい。

祇園祭の賑《にぎ》わいは遠く、鴨川には水の流れる音ばかりが涼やかに響いている。

比叡山《ひえいざん》から降りてきた冷たい夜風に妻の髪がゆれた。

うっすらと京都の街を覆いだした闇の中、月明かりを拾って星のように妻の髪が輝く。

そのきらめきのなか、ひときわ目につく二つの茶色い星に僕は誓った。

絶対に、君を幸せにするよ。

千帆。

一緒に未来に帰ろう。

どんなに時間がかかっても、二人で共に歩んでいくんだ。

「……あーちゃん、好きよ。貴方が私の旦那さまで本当によかった」

「僕もだよ千帆。君が僕の奥さまで本当によかった」

「あーちゃん」

僕の名を呼んで、千帆はまた唇を僕に重ねる。

何度も何度も。

まるで恋しい人とのふれあい方をはじめて知った女の子のように。

初歩的で基本だからこそ奥ゆかしいそれを、今度こそ忘れまいと。

激しく、優しく、執拗《しつよう》に、そして酔いしれるように、彼女は僕の温《ぬく》もりを求めた。

えっと——。

いやこれ、ちょっとキスしすぎじゃない？

「……ちょっと千帆さん、流石《さすが》にそのキスの嵐は周囲の目が痛いかと」

「知らない。私、今はあーちゃんしか見えないもの」

いやいや、いいから周りを見てちょうだいよ。

ほら、「リア充爆発しろ」って感じでにらまれてますって。そりゃそうだわ。フレンチキスだからって、いったい何度すれば気が済むのよ。

あぁ、すみません、周囲のみなさま。バカップルでどうもすみません。

「千帆。ほら、もういいでしょ」

「断る！」

「ダメでしょ、人前でイチャイチャしたら」

「イチャつく！」

「正気に戻って。ほら、お巡りさん来てるから」

千帆の顔が真っ赤になる。

流石にこんなことで補導されるのは恥ずかしいのだろう、妻は僕から身を引いた。

まぁ、目をつけられてからじゃ遅いけれど——。

なんて思った次の瞬間、僕たちの世界が暗転する。

しかし、なぜか場所が変わらない。

鴨川。

恋人たちが等間隔に並ぶ土手の上。

周囲から、さきほどまでの喧噪《けんそう》だけがなぜか消えていた。

これはまさか——。

「嘘《うそ》だろ、タイムリープしたの？」

「ちょっと待ってあーちゃん。これ、どういうこと？」

「こっちが聞きたいよ。千帆、タイムリープの能力を使ったの？」

「違うよ。時間は戻って欲しいって思ったけれど、私、怒ってないわ」

なぜだ。過去二回のループから、直前の行動で共通するのは千帆の激怒だけだ。

それ以外の共通点は考えられない。

いや、待て——。

「時間が経《た》っていたから、選択肢から外していたけれど」

「もしかして、心当たりがあるの？」

「いや、その。もしそうなら、僕らこれから大変なことになるというか。この多感な年頃で、それが制限されるとちょっと厳しいというか」

ある。

一つだけ心当たりがある。

千帆が怒ったのと同じく、全てのループで直前にしていた行為がある。

よく考えると、こっちの方が二人でタイムリープしたのに意味が出てくる。

千帆が超能力で過去に戻れても、僕が巻き込まれる必要なんてないものな。

これがトリガーなら、まさしく夫婦でやり直すタイムリープだ。

そして、夫婦だからこそこのトリガーを無意識に除外していた。

だって「これは流石に、意識せずにいっぱいしてそう。というか、もしそうだったら僕らどうしたらいいのさ」って共通点だったから。

けど、よく考えると、それをしたのはそのタイミングだけだ。

夕暮れの鴨川と茨木《いばらき》ショッピングセンターの夏物セール会場。そしてさっきしか、僕たちはそれをしていなかった。

「千帆。驚かないで聞いて欲しい。もしかすると、本当のトリガーは……」

「本当のトリガーは？」

千帆の桜色をした唇が僕を魅了するように妖しく震える。

いつも魅力的に見えるそれが、真実を知った今の僕には残酷に感じられた。

「キスだ」

「……え？」

「僕ら、タイムリープの直前に、いつもキスをしていたんだ」

「ちょっと待って、キスなんて夫婦なんだからいくらでも」

少し考えて、千帆が何かに気づいた顔をする。

そうです、しておりませんでした。

タイムリープでそんなことしている場合じゃないでしょって、僕ってばそういう夫婦のコミュニケーションをおろそかにしておりました。

もっといっぱいちゅっちゅしてたら、すぐに分かったと思います。

はい、解決。

「ごめんなさい。たいむりーぷにかまけて、すきんしっぷをおろそかにして……」

やっぱり愛の力って偉大だな。時間だって巻き戻しちゃうんだからさ。

ややこしいわ！

恋人とのキス一つためらうお年頃の高校生ならともかく、三十歳越えた熟練夫婦にキスでタイムリープとかやめてくださいよ。

いや、僕ら今高校生だったね。

けどそれにしたって、「好きな人とキスしたらタイムリープしちゃう」だなんて、青春の制約としては残酷すぎるし、エッチすぎるし、バカバカしすぎるよ。

エピローグ

２００７年７月16日月曜日８時21分。

「おはよう杉田《すぎた》」

「よーっす、おはよう鈴原《すずはら》」

「今日も暑いね、ちょっと身体《からだ》がついていかないよ」

「なにおっさんみたいなこと言っているんだよ」

高校生らしく寝不足の顔で教室に入ると僕に向かって杉田が手を振る。

朝から気さくな友人に手を挙げて挨拶をすると、そのまま僕は自分の席へ。

すぐにズボンから携帯電話を取り出せば、さっそく朝からメールが一通届いていた。

差出人は相沢《あいざわ》だ。

『センパイ、今日の放課後ですけど、千帆《ちほ》さんの家で集まって遊びません？』

気の早いことに朝から放課後の遊びのお誘い。

千帆との関係性を隠さなくてよくなったからってはりきりすぎだよ。

けど、ちょっと微笑《ほほえ》ましい気分になる。

じっくり青春をやり直すのも悪くないかもしれない——なんてね。

この休日で検証した結果、千帆の能力とその発動条件はほぼ明らかになった。

結論から言うと、千帆は時間を巻き戻せても、早送りすることはできない。過去に戻れても、未来にジャンプするのは不可能だった。

一方通行な時間跳躍能力。

なので、僕たちはこれから十五年後まで、地道に人生をやり直すしかなかった。

「なんだよなんだよ、暗い顔しちゃってさ。元気出せよ、せっかくの夏なんだぜ」

「どういう理屈だよ」

「もう少しで夏休みじゃねーか。そしたらほら、いっぱいイチャイチャできるだろう。女の子と——」

「こいつさてはよからぬことを考えているな」

「……鈴原、俺が先に大人になっても、俺たちは友達だぜ?」

「安心してくれ。この頃の君に精神年齢で負ける気はしないから」

「ところでさ。金曜どうだったんだ?　仲直りできたのか?」

あぁ、それねと、僕はたるんだ顔を引き締める。

杉田には自転車を借りたし話した方がいいかもしれない。天道寺《てんどうじ》さんにも。そして、まだ教室に来ていないけれど、僕にいろいろなことを気づかせてくれた志野《しの》さんにも。

僕はやっぱり恵まれた青春を送っていたんだな。

「大丈夫、おかげさまでばっちりだよ。助かりました」

「そりゃよかった」

「まぁけど、またいろいろと迷惑はかけると思うよ」

きっと、君は忘れちゃうけど。

「あーちゃん！　ごめーん！　ちょっと時間を戻させてぇ！」

「はい、噂《うわさ》をすればなんとやら」

教室の扉をバーンして、クラスに美巨女が飛び込んでくる。

ふわふわとしたウェーブがかかった黒い髪に、とても十代とは思えない豊満な身体。優しげな顔つきに反して、大人のエッチな身体をした乙女は、金髪美少女を唖然《あぜん》とさせ、ゴリラ野郎を驚愕《きょうがく》させ、僕の元へとたどり着いた。

そして、彼女は僕の唇を強引に奪う。

ここ二日、能力について研究した妻は時を巻き戻すことなどお手のもの。

もう完全にタイムリープ能力を掌握していた。

気がつけば、僕と千帆は再び——懐《なつ》かしいかな高校時代の僕の部屋に戻っている。

制服はパジャマに変わり、机と椅子は布団《ふとん》に変わる。

隣に寝るのは未来の妻。

お互い向かい合って抱き合っている僕と千帆。その視線が交わると、えへぇと妻が甘えるような笑顔を見せた。

その幸せそうな顔よ。うぅん、もう何も言えない。

「ごめんね。国語の教科書を忘れちゃって」

「えぇ、そんなことで?」

「いいじゃない。せっかく便利な力なんだもの、使わないと損だわ」

さて。タイムリープを発生させるトリガーについてだが、この休日で何度も行った実験により僕たちはそれも明らかにしていた。

最初、僕はそれを千帆の激怒だと思っていた。

しかし、千帆の激怒なしにループが起こり、キスがトリガーだと推理し直した。

はたしてその推理は、どちらも当たっていた。

「あーちゃんとキスした私が、時よ戻れって強く念じるとループするのよね」

「けっこう複雑な条件だったよね。分からなくってキスの仕方とかまで検証したのに、なにそれって感じ」

「一生分くらいしちゃったよね。えへへ……」

やめて思い出すから。

こんな狭い所で密着しながら話すことじゃないよ。

とまぁそういうこと。

僕たちをさんざん悩ませた謎のタイムリープ。その正体はなんともまぁ、超能力モノとしては甘酸《あまず》っぱく、そして夫婦の絆《きずな》というか共同作業を必要とするものだった。

水色のパジャマの袖が僕の身体にかかる。

まずいと思って身を引こうとして千帆にがっしり腕を摑《つか》まれてしまった。

妻の寝起きの悪さをまたしてもすっかり忘れていた。

はい、もうおしまい。

ハッピーゲームオーバー。

「うふふ。あーちゃん、覚悟はいいかな?」

「やーん、やっぱりこうなっちゃうのね。しくしく」

「大丈夫よ。ちょっと多めに時間を戻しておいたから」

「……千帆、さては最初から」

「ほら、私たち超能力のせいで、人前でキスするの難しいじゃない」

「能力がなくても人前は恥ずかしいよね」

「だから、人前でしたくならないように、いっぱいしておこ？」

「きゅうじついっぱいやったよね」

「もー、キスはいちばん大切な夫婦のコミュニケーションじゃない！」

とろんとした甘い笑顔で千帆が僕にじゃれついてくる。

幸せいっぱいのその顔を壊すことは、夫の僕には不可能だった。

やれやれ。

妻一人だけじゃやり直せない。

僕一人だけではちゃんとできない。

夫婦二人じゃないとうまくいかない、そんな特殊な僕たちのタイムリープ。

青春も夫婦二人で仲良くやり直す。決して二人のどちらかだけが幸せになることは許されない。将来結ばれる前提の共同作業型人生やり直し。

夫婦の絆と言えば聞こえが良いけれど——。

「あーちゃん、いっぱい青春しましょう」

「やだぁ、はやく未来に帰ろうよ。寄り道は控えよう」

「あーちゃんってばムードが分かっていない！　はい、もう一回やり直し！」

「だからダメだって……」

ちょっとエッチすぎませんかね。

千帆がえいやと僕の唇に触れれば、また周りの景色が変わる。

五分前に時間を巻き戻して得意げに笑う妻。

そんなことをしていると、いつか罰が当たってしまうぞと言ってやりたい。

けど、キスを拒めないあたり、これは連帯責任かなって思っちゃうのだった。

「こうやって、ずっとキスしてたら、私たち永遠に一緒だね」

「すごくえっちでしょーもなくってさとうはきそうなえすえふおち」

砂糖吐くほどラブラブな夫婦と書いてSFかな。

藤子《ふじこ》・F・不二雄《ふじお》先生が宇宙で泣いてるよ。

どうやら、僕と千帆のちょっとエッチで面倒くさい完璧な青春やり直しは、まだまだこれからのようだ。


【了】

あとがき

　はじめまして。ｋａｔｔｅｒｎ《かたん》と申します。

　このたび『第６回　カクヨムＷｅｂ小説コンテスト　どんでん返し部門』にて特別賞をいただき、ファンタジア文庫より商業デビューさせていただくことになりました。

　語ると毒と弱音しか吐かないのでさっそく謝辞を。

　まずはコンテストでＷＥＢ版を応援してくださった読者のみなさま。みなさまからのご声援のおかげで、こうして出版までたどり着けました。受賞から一年とかなり時間をかけてしまいましたが、自分の限界を超えた小説を書けたと思っております。

　書籍版も変わらず楽しんでいただけたなら幸いです。

　受賞から出版まで、親身になって指導してくださった担当編集者のＳさま。最高のキャラクターとカバーをデザインしてくださった、担当イラストレーターのにゅむさま。ファンタジア文庫編集部のみなさま。校正担当者さま。営業担当者さま。取次、書店員、ラノベに携わる様々なみなさま。カクヨム運営のみなさま。

　出版のためにいただいた数々のご助力を、ここに深く御礼申し上げます。

○特別企画　作者しか分からない細かすぎる小ネタ講座

Q. プロローグ冒頭はなんで結婚式なの？
A. タイムリープものだと思ったらラブコメだった——というどんでん返しの伏線です。結婚式からはじまるラブコメといえば「五等分の花嫁」。「それが真実の愛（恋）ならば」という独白は「かぐや様は告らせたい」の1期アニメCMの冒頭です。主人公は当時（少し前ですが）流行のラブコメを夢に見るくらい『ラブコメマニア』でもあったんです。
Q. デパート（二回目）のタイムリープはキスしてから時間が経《た》ちすぎじゃない？
A. ここは「続刊した場合には伏線」「単巻打ち切りの際にはそのまま」で成立するよう、あえて違和感を残したシーンです。続刊の場合「トリガー」は「キスをしたヒロインがタイムリープを願う」になります（つまり、あの時タイムリープを願ったのは……？）。
Q. 「なぜなにタイムリープ道場：郁奈《かな》ちゃんルート」って？
A. もちろん「タイガー道場」のパロディです。つまりバッドエンドってこと。

Q. 志野《しの》が主人公に渡した本の意味は？
A. 筒井康隆《つついやすたか》先生のタイムリープ小説の金字塔「時をかける少女」ではなく、夢がテーマの小説「パプリカ」が手渡される。「タイムリープ」ではなく「夢」という暗示です。
Q. なんで最後、唐突に「藤子《ふじこ》・F・不二雄《ふじお》」の名前が出てくるの？
A. ちょっとエッチな超能力少女に、紳士な青年がそっと寄り添うSFラブコメといえば「エスパー魔美《まみ》」だからです。
Q. WEB版って？　どこで見られるの？
A. 作品名は「幼馴染《おさななじみ》だった妻と一緒に高校時代にタイムリープしたんだがどうして過去に戻ってきたのか理由が分からない。そして高校生の妻がエロい。」です。小説投稿サイト「カクヨム」にて全文公開しております。書籍化に伴い大きく改稿しており、かなり別物になっていますが、興味がございましたらどうぞお楽しみください。

katttern

お便りはこちらまで

〒一〇二-八一七七
ファンタジア文庫編集部気付
katttern（様）宛
にゅむ（様）宛

富士見ファンタジア文庫

幼馴染《おさななじみ》だった妻《つま》と高二《こうに》の夏《なつ》にタイムリープした。

17歳《さい》の妻《つま》がやっぱりかわいい。

令和4年5月20日　初版発行

著者——kattern

発行者——青柳昌行

発　行——株式会社KADOKAWA
〒102-8177
東京都千代田区富士見2-13-3
0570-002-301（ナビダイヤル）

印刷所——株式会社暁印刷

製本所——本間製本株式会社

ISBN978-4-04-074442-1 C0193 ◇◇◇

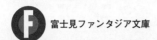